LE DIXIÈME CERCLE

DU MÊME AUTEUR

Lune chaude

MEMPO GIARDINELLI

LE DIXIÈME CERCLE

Traduit de l'espagnol (Argentine)
par Daniel Fernandez

Editions Métailié
5, rue de Savoie 75006 Paris
1999

Titre original : *El Decimo Infierno*

ISBN : 2-86424-306-7
ISSN : 1281-5667

Pour Sabina Bautista et Luis Sepúlveda
Et pour Osvaldo Soriano, in memoriam.

Eres padre del fuego, pariente de la llama ;
más arde e más se quema qualquier que te más ama ;
Amor, quien te más sigue, quémasle cuerpo e alma,
destrúyeslo del todo, como el fuego a la rama...

Arcipreste de Hita, Libro de buen amor *(1343)*

Tu es le père du feu, le parent de la flamme ;
plus on t'aime, et plus on brûle plus on s'embrase ;
Amour, celui qui te suit le plus, tu le brûles corps et âme,
tu le détruis tout entier, comme le feu détruit la branche.

Archiprêtre de Hita, *Livre du Bon Amour*

“ Dios mio, hermano, que no seremos capaces de hacer
por huir de la soledad !
! Que infierno no visitaremos
por ahuyentar nuestro miedo ! ”

José Manuel Fajardo, Carta del fin del mundo

“ Mon Dieu, frère, de quoi ne serons-nous pas capables
pour fuir la solitude !
Quel enfer ne visiterons-nous pas
pour chasser notre peur ! ”

José Manuel Fajardo, *Lettre de la fin du monde*

UN

J'ai toujours su que ce que je faisais était horrible, mais je l'ai fait. Une fois lancé sur cette corniche de l'enfer, comme une boule de bowling qui prend vitesse et force en glissant, je ne me suis plus arrêté. Le nombre de quilles que j'allais renverser n'avait plus d'importance. Tout ce qui comptait, c'était de rouler.

Si un homme près de la cinquantaine qui se sent un homme mûr, dans le sens où il a fait ce qu'il a voulu et pu faire, ressent un mélange d'ennui et d'inquiétude, il n'a que deux possibilités : ou commencer à se préparer à la vieillesse, satisfait de ce qu'il a fait ou déçu par tout ce qu'il a manqué, ou brûler ses dernières cartouches et jouer son va-tout. J'ai choisi la seconde hypothèse. Et Gris m'a caressé dans le sens du poil. L'inconsciente.

Je vais vous dire : Resistencia est une ville que ma mère appelait Payton Place, à cause d'un feuilleton célèbre dans les premières années de la télévision en noir et blanc : Le Chaudron du Diable, je ne sais pas si vous vous rappelez. Enfin, comme Payton Place, Resistencia est une petite ville nord-américaine, mais pas au bon endroit sur les cartes, une ceinture de pauvreté vraiment impressionnante l'entoure, de celles que les nord-américains ne laissent jamais voir. Ici, il n'arrive jamais rien, et puis un jour tout arrive. La chaleur nous rend fous, c'est la seule explication aux choses qui arrivent, quand elles arrivent. Je ne sais pas pourquoi, mais une nuit, parce qu'en général tout se passe la nuit, nous devenons fous. On se retrouve à court d'argent, ou de bière, ou on en a marre de toujours voir les mêmes conneries à la télé, on sent qu'on doit faire quelque chose. Casser quelque chose, tout foutre en l'air, engueuler son voisin, battre sa femme, je ne sais pas, moi, quelque chose.

Je me sentais fatigué, mais je n'étais pas un homme malheureux. Avant cinquante ans, j'avais divorcé deux fois, mes enfants étudiaient l'un à l'Université de Buenos Aires et l'autre à la Nationale de Córdoba, et je vivais seul dans une très grande maison, dans un bel appartement au dernier étage, une espèce d'immense loft. Ma mère, une petite vieille maintenant, vivait au rez-de-chaussée, Rosa, une sexagénaire de Corrientes, très douce et efficace s'occupait d'elle. Toutes les deux étaient très religieuses, elles vivaient simplement et tranquillement leurs vies aussi vertueuses que soporifiques. J'avais un bon travail, indépendant et bien payé, qui me permettait d'être ce que dans une ville comme Resistencia on appelle pompeusement un bon fils. Mon seul péché, c'était ma liaison secrète avec Gris. Qui était mariée. Avec mon meilleur ami.

Ne me faites pas la morale : tout se passait bien, depuis quatre ans c'était une liaison parfaite. Griselda est une femme fantastique. Non seulement elle est belle, mais il n'y a personne au monde avec qui on puisse autant s'amuser : d'une intelligence rapide et brillante, à la finesse elle ajoute la grâce, le charme de sa présence et une immense sagesse qui me désarçonne et me fascine toujours. Et tout cela, excusez du peu, fait un mélange détonnant. Passionnée et folle dans l'intimité, elle en avait assez elle aussi de son rôle d'irréprochable bourgeoise de Resistencia. Quand nous sommes devenus amants, elle avait arrêté de fréquenter le club d'ikebana, elle ne participait pas aux activités du Patronage des Cancéreux et ne se rendait même plus aux réunions de la Coopérative Scolaire de la Très Sainte-Trinité. Elle ne voulait plus perdre son temps à s'inventer des occupations, à demander des autorisations, à se sentir coupable de quoi que ce soit. Ce qu'elle voulait, Gris, c'était s'amuser, jouir, mener une vie mouvementée, être aimée. Tout ce que ce brave Antonio ne lui donnait pas.

Tout avait commencé entre nous presque par hasard, il y avait quatre ans exactement, mais je ne vais pas vous raconter comment tout a commencé. C'est inutile. Croyez-moi, oh oui, ce fut sensationnel, excitant, et je n'avais connu de ma vie une femme pareille, aussi fougueuse, je n'avais jamais ressenti une telle fièvre, je ne m'étais jamais donné à une femme comme je me suis donné à elle et je n'avais jamais vu une femme capable de se donner à ce point, aussi entière affectivement, je veux dire. Nous nous connaissions depuis très longtemps, dix ans au moins, et je crois que nous n'avions jamais eu le moindre fantasme mutuel. Répression sociale ou quelque autre cause, pendant dix ans nous avons été asexués l'un pour l'autre. Et puis un beau jour, boum, quelque chose a éclaté, une bombe, et sous les décombres nous nous sommes enlacés comme des lianes, fondus comme deux métaux dans un chaudron.

Griselda avait quelques années de moins que moi. Sept ou huit, je ne savais jamais, parce qu'elle mentait toujours sur son âge et parce qu'elle le faisait avec un charme absolu, incomparable. Nue sur le lit, elle adorait que je la regarde, simplement, en me masturbant lentement, doucement, tandis qu'elle bougeait comme une contorsionniste, sensuelle comme une déesse, et provoquante, elle me demandait si je serais capable de l'échanger contre deux filles de vingt ans. Puis elle se jetait sur moi et parcourait mon corps de sa langue, s'arrêtant sur les parties les plus sensibles, les côtes, les aisselles, le bas-ventre, les oreilles, elle m'ordonnait de ne pas bouger et elle me prenait avec une finesse, avec une qualité indescriptible. Elle montait sur moi et basculait les hanches, en cercles, elle aimait que je caresse ses seins, doucement, que je joue avec ses gros mamelons de mère donneuse de vie, elle fermait les yeux en me demandant de lui dire des choses cochonnes, de l'insulter, de lui dire doucement qu'elle était la pute la plus pute de tout le Chaco. Elle était fantastique : elle s'occupait de son plaisir mais aussi du mien, regarder son sourire de jouissance, c'était comme voir la Joconde avant la pose, comme imaginer la Vierge Marie donnant le sein à l'Enfant Jésus. Et soudain elle me criait de lui donner mon foutre, de le lui donner tout, de me sécher complètement pour elle, elle me disait qu'elle était l'eau, qu'elle était la mer, qu'elle se répandait tout entière, elle tremblait, elle exigeait que je continue à parler, que je jure que je l'aimais, que je le lui dise en lui léchant l'oreille, et je le faisais parce que c'était vrai, parce que je l'aimais plus que tout au monde et aussi parce que j'adore parler en faisant ça et que je savais que Griselda était éblouie que je puisse faire l'amour en parlant autant.

Inutile d'en dire davantage : nous nous aimions, et après les premières rencontres, au bout de trois ou quatre mois, après avoir vaincu notre culpabilité, nous avons commencé à nouer les liens les plus profonds de l'amour : elle était aussi l'amie, j'étais aussi le conseiller, nos interminables conversations au sujet des enfants (ses deux filles sont déjà adolescentes, quoique plus jeunes que les miens), les cancans de la ville qui nous amusaient tellement, nos amis communs et leurs frustrations, le Club nautique, le petit univers provincial où nous évoluions. Et, bien sûr, nous parlions de notre secret, qui faisait notre force, car dès le début nous nous étions jurés de ne parler à personne, absolument personne, de cette liaison. La seule chose dont nous ne parlions jamais, le prénom que nous ne prononcions jamais, c'était, bien sûr, Antonio. Mon ami et son mari, il était aussi mon associé à la Société Immobilière Nord-Est Argentin, S.A.

Bien sûr, il savait. Du moins j'ai toujours été convaincu qu'il savait. Une femme comme Griselda peut tromper toute une ville, bien sûr, mais pas son mari, surtout si le mari n'est pas un imbécile. Et Antonio n'en était pas un. Je n'ai jamais compris pourquoi il se comportait comme ça, mais la vérité oblige à dire qu'il n'a jamais fait le moindre geste, il n'a jamais posé de questions, il n'a jamais manifesté contre moi aucune colère. Jamais. Il a toujours tout accepté en silence. Il était cocu et il encaissait. Moi ça me désespérait, parfois j'enrageais tellement que j'avais envie de le lui dire, envie de lui crier que je baisais sa femme, encore et encore, qu'il n'avait pas à être aussi con, j'avais envie de le secouer, de lui demander pourquoi, merde, il encaissait ça. La vérité c'est que je ne peux pas dire exactement depuis quand il pouvait être au courant de notre histoire, mais je sais qu'il savait. Et Gris aussi savait qu'il savait. Mais nous ne parlions pas de ça.

Ce que je vous raconte, c'est une histoire de dingue, une pure abjection, je sais bien. Mais je me suis proposé de raconter les choses comme elles se sont passées. Pas question de prendre des précautions ou de cacher quoi que ce soit. J'appelle un chat un chat. Tout a été si explicite, si évident quand nous avons fait rouler la boule de bowling sur la piste, que je trouve encore drôle la pauvre ignorance des gens. Elle n'est même pas attendrissante ; elle me paraît stupide. Parce qu'ici les gens croient d'habitude ce qu'ils ne doivent pas croire et ils avalent toutes les couleuvres bouillies qu'on leur sert dans la soupe. L'imbécillité urbaine est trop répandue, trop populaire, pour qu'on puisse les prendre en pitié. Ça, c'est l'affaire des politiciens, ou des curés, qui mentent toujours et promettent ce qu'ils ne connaissent même pas. Alors ici au moins, il vaut mieux être clair. Les subtilités sont de trop pour certaines villes. On ne donne pas du caviar aux poules.

Le fait est qu'une après-midi, après avoir fait l'amour, épuisés comme deux coureurs cyclistes après le Tour de France, nous avons fumé une sèche et je lui ai dit, à l'improviste, comme par jeu :

– On devrait tuer ton mari.

Griselda, sans relever l'énormité de mes paroles, comme si l'important c'était que je n'aie pas prononcé le nom de mon ami, sans se donner la peine de rien me reprocher, même pas surprise, m'a simplement dit :

– Et comment on ferait ?

DEUX

– Je ne sais pas, lui ai-je répondu. Je lui casse la tête d'un coup de pelle.

Elle a ri, comme si j'avais fait une bonne plaisanterie, une plaisanterie raffinée, pas celles qui méritent un éclat de rire retentissant, mais juste un petit rire bien élevé et peut-être un peu nerveux.

C'est pourtant ce que j'ai fait. Ça s'est passé dans le living de leur maison, la nuit suivante. Et ça a été ce soir-là simplement parce que, quelques heures plus tôt, nous avions touché le montant de trois contrats de vente qui s'élevaient à presque deux cent mille dollars, que nous avions mis dans le coffre-fort de la Société Immobilière avant de le déposer à la Banque Rio le lendemain matin.

Après le dîner, comme tant de soirs où j'allais manger chez eux et où je restais jusqu'à minuit, à parler affaires, à imaginer une de ces opérations commerciales qui nous avaient rapporté tellement de bénéfices, Antonio et moi avons discuté de la prochaine mise aux enchères publiques de lotissements à Villa Paranacito. C'était un nouveau chantier qui bien entendu n'allait pas disposer de tout ce que nous allions proposer : les appels d'offre pour les travaux d'installation de l'électricité et de l'eau potable n'avaient même pas été lancés, pas plus que pour la voierie, il y avait encore des problèmes dans la succession d'une famille très nombreuse, finalement, la seule bonne chose c'était pour nous cinq cents parcelles autour d'un affluent du Paraná qui était vraiment joli deux mois par an, au printemps, mais le reste de l'année n'était qu'un marécage infect. Nous, calculait Antonio, qui pour vendre était un vrai magicien, nous le présenterons comme un futur paradis régional, une résidence-parc avec de l'eau, du soleil, et une nature intacte, le meilleur investissement du Mercosul, et il riait, la canaille, parce qu'il se savait capable de vendre l'Obélisque à un portègne.[1]

Griselda se leva pour préparer le café, une minute après j'interrompis Antonio en lui disant que j'avais oublié quelque chose dans la cuisine et je la rejoignis. Bien entendu, Antonio tolérait ces choses. Il savait parfaitement que je la suivais dans la cuisine pour la tripoter, mais il ne réagissait jamais. C'était mon ami et je sais bien qu'il n'avait rien d'un con ; il était rusé, intelligent, brillant pour les affaires. Alors, pourquoi il se taisait, merde ? Je ne sais pas, je ne le saurai jamais, mais j'ai déjà dit que ça me rendait fou, parce que je me souvenais alors de ma mère qui avait toujours été assez idiote pour encaisser toute la vie que mon paternel la trompe et par-dessus le marché la batte. Quand j'étais enfant, mes sœurs et moi nous avons grandi dans le bruit de ces volées de coups et le spectacle de maman couverte de bleus, blessée, mais surtout, silencieuse. Il me rendait fou, ce silence. Cette façon de se taire, cette acceptation passive. Je hais le silence, il me tue, il me désespère, je ne comprends pas pourquoi ils

1. Il s'agit de l'obélisque du port de Buenos Aires, la ville des *portenos*.

se taisent et se réfugient dans cette espèce de souffrance sourde. Je crois que je ne peux pas les encaisser parce qu'en réalité les silencieux ont une sorte d'arme secrète, puissante, je ne sais pas, ceux qui se taisent m'emmerdent. Je déteste les stoïques, les trop polis, les corrects dégueulasses. J'aurais aimé que maman soit moins résignée, qu'elle résiste, qu'elle proteste, qu'elle dise quelque chose ou qu'elle foute un coup de pelle sur la tête de mon paternel. Mais non. Rien. Elle me tuait, l'impuissance de maman, mais aussi, avec le temps, la mienne, parce que j'ai souvent pensé à tuer le vieux. Et je crois que si je ne l'ai pas fait c'est qu'il est mort avant. Paradoxalement, son infarctus l'a sauvé. Si son propre cœur de merde ne l'avait pas tué, c'est moi qui l'aurais tué.

Quand j'entrai dans la cuisine, Griselda, décomposée, était à bout de nerfs. Je lui avais déjà dit au téléphone que la chose était pour ce soir-là, et elle avait entendu la conversation sur l'argent du coffre de la Société Immobilière. D'un hochement de tête, elle me demanda d'y renoncer et dit à voix basse que c'était une folie, non, je t'en prie, mais je me dirigeai directement vers la pelle du jardinier, qui était toujours près de la porte de derrière de la cuisine. Elle était en acier trempé, et il y avait encore sur le tranchant un peu de terre sèche. Je la pris, vis que Griselda s'appuyait contre le mur de la cuisine et me regardait, simplement elle me regardait de ses beaux yeux gris, qui soudain me semblèrent vides. Je soupesai la pelle, retournai à la salle à manger et, par derrière, je l'abattis de toutes mes forces sur la nuque d'Antonio.

C'est ainsi, que, d'un seul coup, je lui ai fracassé le crâne d'un coup de pelle.

C'est du moins ce que je croyais, parce qu'Antonio est tombé par terre, en s'écroulant comme un canard atteint par une volée de plombs, mais tout de suite j'ai remarqué qu'il respirait. Même si du sang commençait à couler de son nez et de sa bouche, un filet de sang sombre, poisseux, désagréable, Antonio respirait.

Je ne sais pas si vous avez déjà tué quelqu'un. Ce n'est pas facile. Ou peut-être que ce qui se passe c'est que la vie est un élan plus fort que ce qu'on pense d'habitude. Ou peut-être certaines vies sont incroyablement fragiles, vous savez ces morts que nous qualifions d'idiotes, le garçon à bicyclette qui tombe et meurt d'un coup léger et bête ; ou l'unique victime d'un accident de la route, morte parce que la portière s'est ouverte alors que tous les autres sont indemnes. Bref, il y a ces vies fragiles, ces vies comme des vies de papillons, comme des vies d'insectes qu'on écrase de la main, d'un coup même pas trop fort. Mais il y a d'autres vies qui sont très dures, on dirait des vies d'acier, des cœurs qui n'arrêtent pas de respirer même si on leur saute dessus avec des rangers de gurkhas[2]. Bref, cet enfant de putain d'Antonio faisait partie des durs. Et il se taisait, bien sûr, il se taisait aussi quand on le tuait, mais il était dur, il supportait.

Quand j'ai compris qu'il était toujours vivant, j'ai pensé, le temps d'un éclair, que Griselda allait devenir hystérique. Je l'ai regardée comme pour la rassurer mais j'ai rencontré ses yeux gris et froids qui fixaient la scène comme fascinés.

2. Les gurkhas, d'origine hindoue, constituent un corps d'élite de l'armée britannique. Ils se sont montrés fort efficaces pendant la guerre des Malouines.

– Mon Dieu, il est vivant, dit-elle à deux reprises.

– Passe-moi un couteau, le plus grand que tu trouveras dans la cuisine.

Elle alla le chercher et je restai là, à regarder ce corps étendu. Il devait être dans le coma, pensai-je, mais c'était un corps sain, voilà pourquoi il respirait. J'essayai d'imaginer l'endroit où j'enfoncerais le couteau. Je ne voulais pas rencontrer d'os et je ne tenais pas à faire une boucherie et finir par me tacher. Le sang me dégoutait ; j'éprouvais un sentiment de répugnance et d'urgence. Je décidai de lui trancher la gorge d'un coup de lame.

Griselda me toucha l'épaule et me tendit un énorme couteau brésilien, un Tramontina gigantesque que je ne me rappelais pas avoir jamais vu dans cette cuisine. Exactement ce qu'il me fallait.

Alors j'ajustai mon coup en baissant puis en levant deux fois l'énorme couteau sur le cou d'Antonio, et sans trop y penser, la troisième ou la quatrième fois je l'abattis violemment, en frappant du tranchant de l'arme.

Ce fut horrible : le corps fit un bond, comme s'il avait réservé tous les actes-réflexes de sa vie pour cette fin ; et pourtant, je lui déchirai la trachée et lui fis une entaille en pleine gorge, qui sépara presque sa tête de son torse, mais il ne mourut pas immédiatement.

Je ne sais même pas comment il pouvait respirer, l'enfant de putain, mais il était vivant. Et il y avait du sang partout, je le sentais même sur mes joues, c'était chaud et épais, comme une crème à raser de coiffeur.

En me redressant je vis qu'il mourait lentement. Il perdait tout son sang sur le tapis, penchait la tête sur le côté comme une statue brisée, dans une position impossible, absurde.

– Impressionnant, dit Griselda.

Nous nous sommes regardés, stupéfaits, comme si nous nous penchions pour la première fois sur le spectacle du monde. La bouche grande ouverte, elle respirait précipitamment, comme lorsqu'elle était très excitée et très chaude.

– Et maintenant, qu'est-ce qu'on fait ?

– On continue, bien sûr... Je suppose qu'on doit s'enfuir.

– Je t'en prie, assure-toi qu'il est mort, gémit-elle. Je t'en prie...

– Il est bien mort, dis-je. Comme le dernier poulet que tu as mangé. Mais à présent tirons-nous, ça ne fait que commencer.

– Bien, dit-elle en se ressaisissant, d'une voix redevenue normale, comme si soudain tout avait changé. Dans ce cas, va te laver. Je te rejoins tout de suite.

J'obéis docilement et me levai. J'avais mal au bras droit, à cause des deux coups terribles que j'avais portés, bien sûr. Je me dirigeai vers le fond du couloir où se trouvait leur chambre. Je pensais prendre une douche et je me dis qu'inévitablement j'allais devoir utiliser les vêtements du mort. Ce ne serait pas la première fois ; nous étions de la même taille et des tas de fois nous avions échangé des chemises, des vestes et des pulls.

J'allais entrer dans la chambre lorsque j'entendis sonner à la porte d'entrée.

Mon sang se glaça dans mes veines.

TROIS

Du salon, Griselda me fit signe de ne pas bouger, de me taire, et elle alla ouvrir la porte. Elle ne demanda même pas qui c'était et cela me surprit, quand je l'appelai à voix basse pour qu'elle le fasse avant d'ouvrir, elle était déjà devant une grosse femme, en robe de chambre, la tête couverte de rouleaux enveloppés dans un foulard. C'était Carmencita Barrios, la femme d'un des dentistes les plus appréciés de Resistencia, un type très populaire qui avait été député justicialiste, mais pas un voleur. Un cas tout à fait rare.

Elle disait qu'elle avait cru entendre un bruit bizarre, enfin, elle ne voulait pas être indiscrète mais si Griselda avait besoin de quelque chose, enfin, autrement il valait mieux qu'elle s'en aille parce qu'il était déjà très tard. Et tout en disant cela elle n'arrêtait pas de remuer la tête, comme pour voir derrière Griselda, et, bien sûr, elle vit. Cette triple idiote me vit sur le pas de la porte de la chambre des Antonutti, et les taches de sang sur ma chemise durent l'impressionner parce qu'elle dit :

– Oh, monsieur Romero, vous êtes blessé ?

Et par ces mots cette triple idiote scella sa condamnation à mort.

La femme avança, et Griselda la laissa passer. Le tableau qu'offrait le plancher de la salle à manger fut trop pour elle : d'abord et sans comprendre elle se mit à rire de façon ridicule, en pensant peut-être qu'il s'agissait d'une plaisanterie, c'était un rire nerveux, ah ah, comme si les Antonutti et leurs amis adoraient jouer à s'entre-tuer et à tacher leurs vêtements et les tapis avec du jus de tomate, ah ah, mais très vite elle comprit que ce n'était pas une plaisanterie et elle en resta paralysée, la bouche ouverte, très ouverte, comme si elle préparait un hurlement à mesure que sa mâchoire tombait sur son énorme double menton et qu'elle emmagasinait de l'air pour le pousser.

Griselda s'en aperçut comme moi et décida elle aussi que cette femme ne devait pas continuer à vivre. Ou bien tout lui était désormais parfaitement égal, car elle saisit le tisonnier de la cheminée, cette absurde cheminée dont je m'étais moqué pendant des années parce que je ne supportais pas la vocation d'Antonio pour le kitsch, une cheminée dans le Chaco, depuis quand avait-on vu ça. Griselda empoigna fermement le tisonnier, marcha sur la grosse Barrios comme un soldat romain et le lui planta entre les omoplates. Comme ça, un seul coup suffit, et elle l'enfonça comme dans une motte de beurre. Je n'avais jamais rien vu de semblable, et il ne me serait même pas venu à l'idée qu'un bout de bois aussi mince puisse traverser si facilement le dos d'une personne. Cette fois, je vis que c'était possible. Et je vis aussi que Griselda avait une force terrible et que son aptitude pour l'assassinat était aussi sauvage que la mienne.

– Bravo, consœur. C'est tout ce que je trouvai à dire, d'une voix que je ne reconnus pas, comme si quelqu'un d'autre parlait.

– Il faut l'achever, dit Griselda, et pendant que la

femme remuait par terre, couchée sur le ventre, qu'elle se mettait à saigner comme un cochon à l'abattoir quand on lui tranche la jugulaire après le coup de maillet mortel, elle prit le couteau brésilien avec lequel j'avais égorgé Antonio et en fit autant avec la grosse, en lui portant sur la nuque une espèce de coup de faux qui la calma brusquement et la détendit comme une poupée gonflable.

– Quelle folie, dit-elle. Je ne peux pas y croire...

– Nous sommes faits l'un pour l'autre, ma chère, répliquai-je. Il ne nous manque plus que de tirer un coup en regardant les cadavres – et en disant cela je riais nerveusement et c'était cette même voix étrange, la voix d'un autre, qui sortait de ma bouche, mais que je ne parvenais pas à reconnaître.

Je ne sais pas comment elle me regarda, elle ne me suggéra rien, mais elle riva intensément sur moi ses yeux gris, humides et beaux..

– Il n'en est pas question, ma belle, nous devons nous tirer avant d'avoir liquidé tout le voisinage.

Et c'est ainsi que nous avons décidé de quitter cette maison, tous les deux tachés de sang, sans plus tarder et sans trop nous inquiéter d'être vus. Griselda me demanda de l'attendre une seconde et passa dans la chambre où elle remplit une mallette de linge, prit tout l'argent disponible dans le coffre-fort et revint au living après quelques minutes, que je mis à profit pour regarder la mise en scène comme un régisseur froid et routinier du Teatro Colón. Elle me mit un revolver dans la main et se baissa pour fouiller dans le portefeuille de son mari.

– Nous en aurons peut-être besoin. J'espère que tu sauras t'en servir, me dit-elle tandis qu'elle comptait l'argent et le mettait dans son sac à main. En tout cas, ça fait environ deux mille pesos. Tu sais tirer, oui ou non ?

– Je n'ai pas tiré depuis le service miliaire, mais je sais quand une arme est chargée et quand elle ne l'est pas. Le barillet de celle-ci est plein de balles et elle a un silencieux.

– Je crois que c'est un Colt .38, dit-elle. Une idiotie d'Antonio, je n'ai jamais compris pourquoi il l'a acheté, merde, mais quelle ironie du sort, tu te rends compte ?

– Pourquoi quelle ironie du sort ?

– Parce que c'est toi qui vas l'utiliser, toi qui l'as tué, lui, d'un coup de pelle – et elle se remit à rire d'un rire sec et désagréable que je ne lui avais pas connu jusqu'à cette nuit. Bon, allez, vas-y.

Et à ce moment-là, alors que nous nous dirigions vers la porte, on entendit de nouveau sonner, j'en restai pétrifié une fois encore comme un arrêt sur image, et je ne pus que m'esclaffer. J'éclatai de rire franchement, gaiement.

– Une folie je t'ai dit, souligna Griselda et elle rit aussi.

Cette fois j'allai moi-même ouvrir la porte, et je le fis comme j'étais, en souriant de toutes mes dents, la chemise toute souillée de sang, la veste à la main, et le .38 sous la veste.

Dehors il y avait un des livreurs de pizzas de chez Caturro. Il avait garé sa moto à côté de la porte d'entrée et il cherchait un numéro, un autre numéro.

– C'est ici... ? put-il dire avant de se figer lui-aussi en me voyant couvert de sang et j'ignore ce qu'il avait pu voir de plus derrière moi et derrière Griselda.

– Dommage mon garçon, lui dis-je, vraiment peiné en regrettant cette mort inutile, peut-être la mort la plus bête et la plus inutile du monde.

Et je pressai sur la détente et lui tirai une balle qui l'atteignit en pleine poitrine. Le garçon me regarda d'abord avec surprise, avec un sourire ridicule tant il était incrédule, il recula aussitôt d'un pas, étrangement, comme si le coup de feu avait eu un effet à retardement. Il tourna sur lui-même comme un pantin de fer blanc qui n'a soudain plus de ressort, il tomba à la renverse et il resta là, couché sur le dos, les yeux ouverts comme s'il cherchait une impossible explication dans l'obscurité du ciel.

– Rentrons-le là-dedans, on n'a rien entendu, dit Griselda en se baissant et en prenant le garçon par une jambe pour le traîner vers la maison.

C'est alors seulement, en effet, que je me suis rendu compte que le coup de feu n'avait fait aucun bruit.

Nous avons mis le garçon dans la maison et sans trop savoir ce que je faisais, d'une façon à moitié mécanique, j'ai pris la moto et l'ai rentrée aussi, en passant sur le cadavre du gamin, et l'ai laissée tomber dans le couloir du living. Griselda éteignit les lampes et pendant qu'elle fermait la porte à clé je montai dans ma voiture et la mis en marche. En me rejoignant, elle m'informa qu'elle avait pris aussi quelques bijoux et le passeport, à tout hasard.

A dire vrai, à ce moment-là je me moquais de tout. Ma seule sensation c'était une excitation irrépressible, comme si mon adrénaline avait atteint des sommets de tension, cassé le tensiomètre et ne pouvait maintenant plus descendre. Je ne vous ai pas encore dit que je suis hypertendu depuis l'âge de quarante ans, et que, en des occasions comme celle-ci, le pic de tension est si haut que j'ai très mal à la tête, j'ai le vertige et des bourdonnements d'oreilles insupportables, et bizarrement je me mets à bander. Je ne sais pas, moi, c'est rigolo parce que dans ces circonstances je ne me sens pas bien du tout, mais je me mets à bander, ma queue devient dure comme une batte de base-ball. Une fois j'ai lu qu'on appelle cela le « priapisme », ou quelque chose comme ça, et que d'habitude c'est très douloureux. Bon, mais moi je n'ai pas mal. Ou c'est peut-être que je ne pense alors qu'à ma forte tension et à la peur que je ressens, cette espèce de vertige mortel que cause l'hypertension.

Bon, je me fichais éperdument de tout à ce moment-là. Aussi je n'avais pas pris la peine d'effacer les traces ni de faire toutes ces conneries que font toujours les assassins dans les films et qui sont si précises qu'une seule erreur, minime soit-elle, finit par les dénoncer. Non, moi je me contrefichais de tout ça. Et je trouvais même bien que personne ne puisse douter de l'identité de celui qui avait commencé ce cirque romain.

De toute façon, et pour moi c'était inexplicable, Gris avait aussi mis dans la voiture le coutelas et le bâton.

– Ils n'ont qu'à bosser un peu, dit-elle en riant, qu'ils fassent au moins l'effort de penser un peu et de faire des recoupements.

– C'est peut-être un défi trop grand pour ces cochons, continuai-je sur le même ton de plaisanterie.

Et je me mis à conduire tranquillement, à une vitesse normale, en direction de chez moi.

Il faisait une chaleur dégoûtante, je vous l'ai déjà dit, mais nous préférions tous deux rouler les fenêtres ouvertes, au détriment de l'air conditionné de la voiture, que j'avais mis au maximum. Dans quelques bars et bistrots il y avait comme d'habitude du monde aux terrasses, on pouvait nous voir ensemble très tard et dans ma voiture, mais ça ne nous fit ni chaud ni froid. C'était la première fois que les habitants de cette ville avaient l'occasion de nous voir ensemble, et ce serait peut-être la dernière. Jamais nous ne nous étions montrés ; Griselda et moi savions, nous le savions vraiment, qu'il n'y avait même pas de rumeurs sur notre compte. L'une de nos victoires, celle que nous savourions avec le plus de délice, c'était précisément de les avoir tous bernés.

Si bien que cette fois je me suis fait plaisir et j'ai roulé lentement en passant devant le Clark, La Biela, le Nino et tous les bars qui se trouvaient sur mon chemin. Oui, qu'ils nous voient ensemble. Griselda Antonutti et Antonio Romero. Ensemble, dans sa voiture à lui, vers minuit, un mardi. Oui, qu'ils parlent, qu'ils se mordent la langue et s'empoisonnent.

QUATRE

Je me garai devant la porte de chez moi, demandai à Gris de m'attendre dans la voiture, et j'entrai.

Je vais vous dire deux mots de ma maison, parce que c'est une de mes fiertés. C'est une de ces vieilles bâtisses que l'on appelle encore des " maisons de torchis ". Je l'avais achetée deux ans auparavant pour une bouchée de pain quand les Lundgren, des Suédois, et tous leurs enfants sont morts les uns après les autres, et que la dernière, María Luisita, la vieille fille, décida d'aller vivre à Córdoba. Les années difficiles étaient alors passées, l'époque où tout était infesté de militaires et de guérilleros jouant à se faire la guerre, bref, nous savons tous ce qui s'est passé, bien qu'il y ait maintenant beaucoup de gens qui essaient d'inventer une autre histoire, et pour moi ça n'a pas été trop mal. Ces années-là je me suis séparé de Cristina, ma seconde femme, et je suis allé vivre à Misiones. Je voulais être aussi loin que possible du vrai bordel qu'était devenu ce pays et en fin de compte Posadas a été pour moi une ville assez tranquille où on pouvait aller de l'avant. J'y suis resté sept ans et c'est là que je me suis mis aux affaires immobilières. Et après une visite d'Antonio lors de son voyage pour les Cataractes avec Griselda et les filles, qui étaient alors petites, nous avons décidé de nous associer. Aujourd'hui encore nous avons une succursale, là-bas.

Bien entendu, parmi nos premières bonnes affaires il y a eu l'achat de sa maison et de la mienne. De sorte que lorsque María Luisita nous a demandé de nous occuper de la vente de la vieille Demeure des Lundgren, j'ai tout de suite flairé l'occasion. Le prix que je lui ai conseillé de demander était le prix du marché, mais je lui ai dit que le marché était en train de faiblir juste à ce moment et que l'avenir de l'immobilier était bien sombre ; de toute façon, si elle voulait je pouvais lui verser comptant et sur-le-champ soixante-dix pour cent de la somme, elle pourrait déménager en toute tranquillité et ensuite je verrais ce qu'il fallait faire en prenant tous les risques. Tout cela lui a paru très bien, et comme nos affaires avaient formidablement marché au cours des dernières années, j'avais l'argent nécessaire. J'ai manipulé l'acte de vente au mieux de mes intérêts, comme c'est toujours possible avec Reimúndez le Sourd, le vieux notaire qui est propriétaire de la moitié de Resistencia, et qui, plus qu'un notaire, peut et devrait être considéré comme le maître renard du Chaco tout entier et de ses environs. Moi, tout simplement, j'avais fait l'offre juste au moment opportun.

Bref, c'est une maison ravissante, du début du siècle, je l'ai restaurée presque complètement et j'ai installé l'air conditionné et tous les petits à-côtés dits de confort, avec un grand jacuzzi dans la cour à côté du barbecue et une longue terrasse en haut, où j'ai fait construire l'énorme loft qui est tout à la fois ma chambre à coucher, mon bureau personnel et ma salle de séjour et de télévision. Comme je vous l'ai dit, j'ai fait au rez-de-chaussée tous les aménagements nécessaires pour que ma mère puisse vivre à son aise dans une grande maison, modernisée et confortable, avec une cuisine extraordinaire et un immense living à deux niveaux, un appartement dont elle avait toujours rêvé et qu'elle n'avait jamais eu dans sa vie.

Oui, je suis très fier de ma maison et ça m'est égal que ça se voie un peu trop.

Bon, en entrant j'ai embrassé maman, et elle a été surprise de voir ma chemise toute tachée de sang. Je l'ai rassurée en lui disant qu'il n'y avait rien de grave, que j'étais seulement tombé sur le trottoir et que les taches c'était rien, sans importance. Ensuite nous avons eu notre conversation innocente et douce de chaque soir. Un rapport très bref sur ce que nous avions fait et sur son état de santé, suivi d'un interrogatoire bref et affectueux comment vas-tu me disait-elle et comment marchent les affaires, des choses banales mais qui pour elle étaient vraiment fondamentales. Parfois, elle me demandait même des nouvelles d'Antoñito, comme elle appelait le mari de Griselda, et de Griselda elle-même, bien entendu. Un si beau couple, disait-elle, et avec deux fillettes ravissantes, une famille exemplaire. Quand je suis monté dans mon appartement, elle m'a fait un tas de recommandations au sujet de ma chute supposée et m'a supplié de lui promettre d'aller voir un médecin le lendemain même.

En haut, j'ai cherché à toute vitesse les deux mille dollars que je garde toujours entre les pages de mon vieux Larousse Illustré. J'ai aussi regardé dans un pantalon, dans l'autre veste et dans un vieux portefeuille dans lequel, à tout hasard, j'avais toujours quelques pesos. J'ai réuni tout l'argent disponible et l'ai mis dans une enveloppe sur laquelle j'ai écrit « Argent pour maman » et je l'ai placée sur ma table de nuit.

Puis j'ai jeté sur mon lit mes papiers, mes lunettes de soleil et trois carnets de chèques, bien qu'il fût improbable que je puisse aller à la banque le lendemain. Je pourrais peut-être retirer de l'argent avec toutes mes cartes de crédit, mais je ne devais pas me faire trop d'illusions à ce sujet. Quand on aurait découvert tout ce bazar, pas une banque ne lâcherait le moindre peso et personne ne donnerait un rond contre mes chèques. J'ai aussi pris mon passeport, à tout hasard, et j'ai décidé qu'il valait mieux retirer le maximum d'argent en espèces, cette nuit même, dans plusieurs distributeurs automatiques.

Ensuite dans la salle de bain, j'ai pris une douche rapide, je me suis rasé très vite et presque à sec, et je me suis changé. J'ai ramassé les vêtements ensanglantés et j'en ai fait un ballot comme si j'allais les emporter avec moi. Mais j'ai hésité alors une seconde et je me suis demandé s'il fallait ou non les emporter. C'était une question d'éthique qui concernait la seule personne au monde qui m'importait : ma mère. Si j'emportais les vêtements qui accusaient, elle aurait toujours des doutes sur ma responsabilité dans les assassinats ; si je laissais tout, par contre, il n'y aurait pas le moindre doute, ce serait une preuve incontestable, ce qui, soudain, me sembla être la meilleure solution pour elle. La certitude va lui faire du mal, me suis-je dit, mais le doute la tuerait.

Aussi j'ai tout laissé dans la corbeille du linge sale, comme je le faisais tous les soirs. J'ai mis une paire de caleçons, un pantalon, trois chemises et des mocassins dans un sac de sport. A tout hasard. J'ai pris aussi mon téléphone portable avec une batterie supplémentaire, bien chargée, et le chargeur.

Quand je suis redescendu, elle était toujours en train de regarder la télé tandis que Rosa tricotait quelque chose d'un œil, disons que c'était un châle pour l'improbable hiver, et que de l'autre elle suivait je ne sais quelle émission.

– Maman, si on te dit que c'est moi qui ai fichu tout ce bazar, n'hésite pas : c'est moi, OK ?

– De quoi tu parles ?

– De rien, maman, des conneries ; mais rappelle-toi ce que je te dis et écoute-moi bien : oui, c'est moi.

Gris m'attendait en fumant tranquillement, sans penser pour une fois que quelqu'un pouvait nous voir, ou la voir, elle, dans une attitude ne disons plus adultère, ni même légèrement suspecte. Comprenez bien : Resistencia est une ville où tout ce qu'on fait implique toujours le péché, surtout s'il s'agit de ce que fait une femme mariée. D'ailleurs le nom véritable, historique, de la ville est San Fernando de la Resistencia, il fait allusion aux luttes contre les Indiens qui pendant des siècles ont empêché les colons de s'y établir. La ville actuelle n'a été construite qu'à la fin du XIXe siècle, et apparemment le saint a perdu tout prestige, peut-être pour des raisons morales. Je vous l'ai déjà dit : Resistencia c'est Payton Place, le Chaudron du Diable. Une petit ville nord-américaine enclavée par erreur dans le nord-est argentin.

Nous sommes d'abord allés à la Société Immobilière où j'ai fourré tout l'argent du coffre-fort dans mon porte-documents. Avant de le refermer, j'ai pensé que c'était exactement comme dans les films : une mallette du genre Samsonite ouverte au milieu avec les deux soufflets pleins de liasses de billets de cent dollars. Quelle beauté, un tableau digne de Pérez Celis, un authentique Kuitca. Je suis sorti en riant, ensuite nous sommes allés à la Plaza 25 de Mayo : j'ai fait un tour complet avant de me garer à côté de la banque Río. J'y suis entré et j'ai retiré le maximum que me donnait le distributeur : mille pesos. J'ai traversé et j'en ai fait autant à la banque Boston, puis à la Lavoro et enfin à la Nación. Dans chaque banque j'ai tiré tout ce que j'ai pu, des cartes de débit mais aussi des cartes de crédit. C'était une sorte d'auto-vidage ; je ne sais pas s'il vous est arrivé de le pratiquer, croyez-moi c'est assez excitant. A la fin j'avais réuni plusieurs milliers de pesos de plus. A cette époque j'avais des fonds à revendre, en ville on ne demandait qu'à me faire crédit et je pouvais obtenir un découvert dans n'importe quelle banque.

Quand je suis revenu à la voiture, Griselda était un peu nerveuse.

– Tu penses me laisser seule toute la nuit ?

– Calme-toi, Gris. Nous allons avoir besoin de tout cet argent.

– Pourquoi ? Pour aller où ?

– Je ne sais pas, mais du fric on va en avoir besoin, c'est sûr. Alors arrête de déconner.

J'ai démarré brutalement, parce que je me sentais soudain un peu énervé, et j'ai failli heurter une automobile rouge qui passait devant juste à cet instant. C'était une Mazda, une voiture de sport, imitation de Ferrari version orientale, ces voitures qu'aiment les nouveaux riches et surtout les enfants des nouveaux riches. C'était un grand type blond et prétentieux avec une gamine au visage de petite maigre anorexique. Ce connard m'a crié une insulte vraiment très offensante. Et comment expliquer : je vous jure qu'en toute autre circonstance je serais passé sur cette histoire, mais cette nuit-là justement c'était très spécial. J'ai eu l'impression que je ne pouvais pas tolérer l'insulte et je l'ai envoyé se faire foutre chez sa putain de mère. Bien haut, bien haut et bien fort.

Et le type a commis l'erreur de freiner sa saloperie rouge de façon très spectaculaire comme pour crâner devant l'anorexique, comme pour qu'elle voie qu'il était, lui, un mâle tout ce qu'il y a de mâle, le plus mâle de tout Resistencia.

Il s'est approché de moi en bombant le torse, en m'injuriant, et a tendu une main pour ouvrir la portière de ma voiture et m'en faire sortir par les grands moyens.

Je n'ai même pas eu besoin de lui montrer mon .38. Avant qu'il se rende compte de ce qui lui arrivait, je lui avais fait sauter un œil et l'impact a été si fort qu'il l'a fait tourner sur lui-même. Il est tombé comme une toupie qui s'arrête de rouler.

J'ai démarré lentement et dépassé la Mazda. J'ai regardé la gamine qui était à l'intérieur, elle remuait la tête comme transportée au rythme d'un groupe de rock qui chantait – façon de parler – en anglais. Je lui ai fait un grand sourire.

CINQ

Griselda me regarda tout le temps, comme si elle prenait la mesure de l'homme nouveau que j'étais devenu, ce type différent qu'elle avait à côté d'elle. Il y avait dans son regard de l'étonnement, une légère stupeur, beaucoup de curiosité et même de l'amusement. J'étais un des pires types qui soient : le complice idéal de la méchante fille qu'elle était à ce moment.

Vous devez vous demander pourquoi nous faisions ça, ce que nous recherchions. Je l'ignore, je le jure. C'est la pure vérité : je ne sais pas pourquoi nous faisions tout ça. Nous étions en roue libre. Nous roulions, et cela nous fascinait. C'est la mort qui veut cela, maintenant je le sais. Il suffit de commencer. Et ce n'est pas que je ne savais pas ce que je faisais, allons, je le savais parfaitement, j'étais pleinement conscient de chacun de mes actes. Non, c'était autre chose : un vertige, une sorte d'hallucination ou de fascination pour ma propre façon de faire. Je voyais, rapidement, ce que j'étais moi-même capable de faire. Comme un film accéléré, comme les vieux Charlot qui passaient à moins d'images-seconde et créaient l'illusion d'une plus grande vitesse.

En pensant à tout ça, sans consulter Griselda, je pris la direction de Santa Fé par la nationale 11. Gris me demanda si par hasard nous allions à El Monito, je lui répondis que oui. El Monito est l'un des motels traditionnels des environs de Resistencia. Avec le Cadena de Oro et le OK il a reçu le sperme et entendu les hurlements de plaisir de plusieurs générations du Chaco, hommes et femmes confondus. Nous y étions allés quelques fois, évidemment, même si, c'est logique, nous préférions pour des raisons évidentes de discrétion nous rencontrer dans un appartement que j'avais loué en plein centre ville, avenue Alberdi. Dans un énorme immeuble de bureaux et de logements, avec plus d'une centaine de copropriétaires, j'y allais souvent seul pour faire la sieste ou regarder tranquillement la télévision. Griselda possédait une clé et avait mis au point une tactique : quand nous avions rendez-vous pour passer un moment ensemble, elle arrivait une demi-heure avant ou après moi. Elle ne montait jamais jusqu'à mon étage, le huitième, mais se dirigeait vers un autre étage, plus bas ou plus haut, comme pour tromper les portiers qui pouvaient voir à quel étage s'arrêtait l'ascenseur, puis elle continuait par l'escalier.

Mais elle adorait parfois aller dans des motels de la route, entre autres parce que ça l'amusait de se regarder, de nous regarder, dans les miroirs, en faisant l'amour. Elle observait, fascinée, la position de nos corps et elle avait une envie folle de voir ses propres orgasmes projetés dans les miroirs.

J'ai demandé une chambre pour la nuit, loin de la route. Quand nous sommes entrés, on entendait encore au loin la musique du Cercle Don Atahualpa. Au moment où nous descendions de la voiture les accords d'un chamamé[3] classique Puerto Tirol résonnaient et il m'a semblé entendre aussi un long et victorieux sapukay[4].

– Pourquoi on est venu ici ? demanda alors Griselda. Il vaudrait pas mieux prendre le large une fois pour toutes, quitter la province ? Ou tu penses qu'on ne va pas nous trouver ? A l'heure qu'il est on est peut-être à notre recherche.

– Je ne sais pas, jusqu'ici je n'ai pensé à rien.

Et dès que j'ai eu fermé la porte je l'ai prise par un bras, je l'ai embrassée, j'ai saisi ses fesses à pleines mains, comme elle aimait. Gris avait – elle a – un des plus beaux culs qui soient au monde : haut, droit comme celui d'une gymnaste adolescente, une chose incroyable. Son dos se dresse, parfaitement dessiné, et se termine par un cou et des épaules si beaux qu'ils en paraissent malicieux. Quand je la prends dans mes bras comme ça, comme une caisse de vins très fins et que je commence à embrasser ses épaules et à sentir sa superbe poitrine contre la mienne, nous finissons toujours au lit, ou bien sur une table, ou debout, mais toujours moi dans elle. Et souvent nous nous retrouvons à nous affronter comme des taureaux, à nous pousser comme des tracteurs, mais avec un silencieux, parce qu'il faut retenir nos cris.

Cette fois, par contre, nous avons fini par baiser comme jamais : avec une douceur inédite, à un rythme d'une lenteur exaspérante, en laissant affleurer les bruits intérieurs, elle un petit cri constant, une étrange

3. Musique de danse, dérivée de la polka de la province argentine de Corrientes.

4. Cri de victoire des Indiens.

plainte heureuse, et moi une première voyelle intermittente, spasmodique et rauque. Voilà comment nous avons fait ça, je ne sais pas pendant combien de temps, mais ça a été réellement merveilleux. J'ai senti que rien au monde ne pouvait me rendre plus heureux que d'être dans cette femme, de sentir que j'étais à elle, que je lui appartenais entièrement comme je n'avais jamais appartenu à personne. J'ai fini par pleurer, et c'était très étrange parce qu'elle souriait les yeux fermés, disait c'est divin, quel plaisir, quel plaisir, et à la fin nous avons joui ensemble. Nous sommes restés étendus, épuisés, et soudain je me suis mis à rire et elle m'a suivi. Nous devions avoir l'air de deux fous, à rire aux éclats, comme des *teros* [5], jusqu'à ce que soudain, je ne sais pourquoi, et pourtant j'ai voulu me retenir, je lui ai demandé si elle se sentait coupable, son visage est devenu grave, très grave, et elle m'a répondu sans réfléchir une seconde :

– Coupable de quoi ?

– Non, de rien, de rien... ai-je dit vivement, en prenant conscience de ce que j'étais : un triple idiot. C'était une question vraiment conne, ne fais pas attention. Vraiment, ça n'a plus aucune importance...

– C'est ça, souligna-t-elle. Plus aucune importance. Moi je m'en fous déjà éperdument.

Elle a allumé une autre cigarette et est entrée dans la salle de bain. J'ai fermé les yeux et je me suis rendu compte que je ne pensais vraiment à rien : dans quelques secondes j'allais m'endormir, comme je m'endors toujours après l'amour. J'avais la tête vide et il me fallait seulement relâcher mes muscles. Je me suis

5. Le *tero*, dit aussi *teruteru* est une sorte de vanneau.

endormi en répétant mentalement plusieurs fois “ je m’en fiche éperdument, maintenant je m’en fiche ”.

Seulement, voilà : je ne savais pas encore à quel point ces mots étaient vrais.

SIX

Quelques heures plus tard, Griselda me réveilla. Il était presque deux heures et demie du matin et il faisait toujours une chaleur intense et poisseuse. L'air conditionné de la chambre n'arrivait pas à pallier les effets de cette nuit incendiaire.

– Tu t'es reposé un bon moment, me dit-elle en glissant entre mes lèvres une cigarette allumée. Maintenant il faut continuer.

– Continuer quoi, où, comment... et je tirai sur la sèche.

– Questions pour un philosophe, dit-elle. Qui sommes-nous, d'où venons-nous, où allons-nous... Et tu aurais dû ajouter quand et pourquoi...

– Ou pour une sorcière.

– Je suis ta pythonisse, dit-elle en riant, et elle fit une moue délicieuse. Ne l'oublie jamais : ta sorcière s'appelle Griselda.

Je pris un bain rapide pendant que, déjà douchée, elle finissait de s'habiller. Elle passa une robe jaune à fleurs, avec une courte jupe évasée et très décolletée. Elle adorait cette robe, non seulement parce que je la lui avais rapportée des Etats-Unis mais parce qu'elle remplissait plusieurs objectifs : elle lui allait extraordinairement bien, était légère et confortable, et elle mettait en valeur autant ses jambes parfaites que ses seins magnifiques.

– Hou-la-la-la... fis-je pour tout commentaire en sortant de la salle de bains et en la regardant se contempler dans le miroir. Madame, vous allez me causer un infarctus.

– Après cette nuit, tu n'as plus d'infarctus à craindre, dit-elle. Elle ouvrit la porte et resta dans l'encadrement éclairé, comme si elle avalait la première bouffée de l'air épais, chaud, qui venait de la forêt.

Je fus surpris de la voir là, devant la porte ouverte. Avant cette nuit, quand nous allions à l'hôtel notre grand souci c'était que personne ne la voie : en entrant dans les chambres, et ensuite en sortant, j'éteignais toujours la lumière, je me penchais à la fenêtre, je scrutais l'obscurité pour vérifier que personne ne regardait du côté de notre bungalow, puis j'ouvrais la portière de la voiture en évitant d'allumer le plafonnier pour qu'elle monte rapidement, presque toujours en se couvrant la tête avec une de mes vestes, un blouson ou n'importe quoi.

Nous sommes montés dans la voiture et je lui ai fait part de mon observation ; il était évident qu'elle ne se souciait pas qu'on la voie, mais je lui ai dit qu'il me semblait remarquer chez elle une attitude de défi.

– Défier, qui ? dit-elle sèchement, comme de mauvaise humeur. Les moustiques et autres bêtes de la nuit ? Cette ville de merde ?

J'ai gardé le silence. Je savais qu'elle avait besoin de mon silence : comme ça, ou elle tiendrait sa tirade pour terminée, ou bien elle se mettrait à parler toute seule, de sa propre initiative. J'attendis en fumant, en conduisant lentement. Elle décida de parler :

– Tout d'un coup, tu sais, je me suis rendu compte de tout ce que j'avais caché. Toute ma vie, je veux dire, et pas seulement depuis que je suis avec toi... Toute ma vie j'ai porté un masque, j'ai été forcée de me tenir bien avec les autres et je n'ai jamais fait ce que j'avais envie de faire pour le simple plaisir de le faire. Mes parents, les sœurs de la Très Sainte-Trinité, mon mari, mes enfants, la société, tout ce putain de monde merdique, tous ils m'ont étouffée. Quarante-deux ans à veiller à ce que tout aille bien autour de moi, à m'occuper d'une famille, d'une maison, d'une position... J'ai passé ma vie à faire de mon mieux pour que tout le monde soit heureux, moi, la connasse qui n'a jamais eu la moindre idée de ce qu'était le bonheur.

Elle jeta le mégot contre la nuit, avec une colère évidente, comme un camionneur en colère. Et sur-le-champ elle a appuyé sur l'allume-cigare de la voiture pour allumer une autre cigarette. Elle a soufflé la fumée avec force.

– Une fois une sœur que j'aimais beaucoup et qui était mon amie, Sœur Herminia, une fille jeune et revenue de tout, m'a avoué qu'elle ne savait pas elle non plus ce que c'était le bonheur, voilà pourquoi elle s'était mariée avec Dieu. Elle a dit « Au moins ça me rassure », et, depuis, je me suis toujours demandé pourquoi je n'ai pas senti la même chose, merde. Pendant des années je me suis sentie coupable parce que je me disais que ma foi était insuffisante, que c'était une foi bien faible, et comme handicapée... Ensuite, quand je me suis mariée avec Antonio, j'ai compris que c'était le meilleur homme que je pouvais trouver, et je me suis jurée d'être fidèle, de m'occuper de lui et d'être une bonne épouse. Et je crois l'avoir été. J'ai aussi été une bonne mère, je le suis : personne autour de moi n'a jamais manqué de soutien, ni de compréhension, ni d'amour, je peux même dire que j'ai passé ma vie à renoncer... Mais à présent mes filles sont à Rosario et je sais qu'elles y sont bien. Mes parents ne sont plus là, j'ai veillé sur eux jusqu'au bout comme une bonne fille. Je vais voir ma sœur à San Luis tous les étés, ou c'est elle qui vient avec sa famille. Je n'ai jamais dit à Antonio que je ne l'accompagnerais pas où il voudrait, je suis allée où il a voulu, j'ai toujours fait ce qu'il fallait faire. Tiens, tu vois ? J'ai fait partie de comités, je suis allée à la messe, je me suis occupée de coopératives, je suis membre du Conseil de la Très Sainte-Trinité, j'aide les Carmes Déchaussés avec des bons. J'ai toujours été l'épouse modèle de mon mari, la mère exemplaire de mes filles, la fille irréprochable de mes parents, la femme parfaite de la petite société provinciale où je vis, celle qui ne s'est jamais permis aucune transgression sauf une ou deux bêtises, comme rentrer à la maison avec une demi-heure de retard en m'excusant... Mon seul péché secret ça a été quand tu es arrivé. La première fois, je ne sais pas, je crois maintenant que le terrain était prêt. Je ne veux pas t'enlever ton mérite, mais j'étais mûre, vraiment... Si ça n'était pas toi c'était un autre, Alfredo. Bien sûr, je suis heureuse que ce soit toi. Je t'aime, je t'ai aimé tout de suite, tu as su être mon homme, te rendre indispensable sur les terrains les plus intimes, tu m'as baisée comme personne, tu m'as appris à jouir comme une chienne, ou une truie, je ne sais pas, l'animal que tu voudras dont la femelle jouit le plus. Et surtout, sans le vouloir, tu m'as appris qu'il y avait un autre chemin : le chemin de la transgression mais pas uniquement pour la transgression. Ou, au début, oui, peut-être, ça a été un peu l'éblouissement, tu sais... J'ai rempli trop tôt toutes les obligations que la vie m'a imposées, que les autres m'ont imposées. Mais je suis encore jeune et je veux d'autres choses. Il est temps que je m'occupe de moi, de ce dont j'ai envie, et je me sens belle, je me sais désirable, je peux voir que je plais toujours, et je veux m'amuser, je veux faire des tas de choses que j'ai arrêté de faire, que je n'ai pas osé faire, dont je me suis privée toute seule ou dont on m'a privé. J'en ai marre des interdits, des renoncements, de demander la permission, d'être correcte...Tout ça me fait mal, c'est insupportable. Alors après l'éblouissement je me suis rendu compte que tout était beaucoup plus profond... Et j'ai vu que l'autre chemin était différent, et simplement cela : un autre chemin, autre chose, quelque chose de différent qu'on peut vouloir aussi, qu'on a le droit de désirer et d'obtenir parce que ce sont des choses qu'une femme comme moi, si étouffée, et si correcte, a toujours voulu et veut toujours. Toujours, tu comprends ?

J'ai eu l'impression qu'elle pleurait. A tout hasard, et comme je ne savais pas quelle direction prendre, je conduisais à petite vitesse. J'ai pris le chemin de l'aéroport rien que pour faire un détour et ne pas entrer dans la ville. Un moment j'ai pensé que la police pouvait être déjà sur nos traces, je me suis demandé combien de temps il leur faudrait pour trouver les cadavres, et si par hasard un parent de la grosse Barrios était déjà allé voir pourquoi elle tardait à rentrer.

Je me suis dit que je me fichais de tout. Et c'était vrai : tout ce qui n'était pas ce que Griselda disait à ce moment précis je m'en fichais comme d'une guigne.

Elle se passa un Kleenex sous le nez, renifla et poursuivit :

– Je suis en colère, Alfredo... Je suis furieuse. Je ne peux pas comprendre comment et pourquoi j'ai toujours été aussi conne. J'en ai gros sur la patate et je me fous de tout. Cette nuit je me sens capable de n'importe quoi, tu sais ? En plus d'une pythonisse et d'une pute, je me sens une harpie, je suis folle de rage...

– Désolé de t'interrompre, Gris, dis-je soudain en voyant les phares d'une voiture de patrouille au croisement de Soberanía avec la Nationale 11. Mais regarde ce qui vient.

– Je vois, dit-elle. Surtout ne t'arrête pas.

SEPT

La voiture de patrouille nous fit un appel de phares et malgré les protestations de Griselda j'ai préféré m'arrêter. Je l'ai laissée dans la voiture et je suis descendu. J'avais pris cette décision tout de suite, en voyant qu'il y avait deux flics à bord. Je pourrais parfaitement en venir à bout. Plus : j'avais une dent contre eux, car c'étaient des corrompus et des incapables. Je hais la police et j'ai toujours eu envie d'avoir un tank, ou un char d'assaut blindé, pour écraser leurs voitures de patrouille. Une sorte de batmobile invincible pour en faire de la bouillie. Pas parce que je suis un de ces anarchistes qui pensent qu'il faut détruite toute autorité, attention, non, ce n'est pas ça. Je crois avec ferveur à l'autorité, aux hiérarchies, je ne crois pas que nous soyons tous égaux, ce n'est pas vrai, nous ne le sommes pas. Plus même : s'il ne tenait qu'à moi il y aurait un système policier de première, des agents bien élevés, de niveau universitaire, avec un armement et une technologie modernes, véritables chevaliers au service de la communauté. Pas ces clodos, ces charognes humaines en uniforme, ignares et tout-puissants, seulement entraînés pour les pots-de-vin et la gégène dans les couilles des voleurs de poules. Ces flics-là me dégoûtent.

Alors je me suis approché lentement de la voiture de patrouille et avant qu'ils m'adressent la parole je leur ai dit que j'étais un grand ami du gouverneur, que je travaillais comme conseiller au ministère de la Santé, et que je leur serais très reconnaissant s'ils voulaient bien m'aider à résoudre un problème que j'avais dans le coffre de ma voiture. Ces idiots ont oublié immédiatement la raison – quelle qu'elle fût – pour laquelle ils m'avaient fait arrêter la voiture, ils se sont rapidement consultés et l'un d'eux est descendu et s'est dirigé vers moi. C'était un gros à la démarche ridicule, à moitié cagneux comme s'il avait des verrues plantaires ou si on lui avait attribué des chaussures trop petites. Il faisait sombre, pourtant il me sembla que sa chemise était tachée de graisse sur la bedaine, comme s'il s'était renversé de la sauce de pizza ou quelque chose de ce genre. Ça me répugnait, et je me disais que c'était dommage, que c'était vraiment dommage, vraiment injuste qu'une femme au monde doive supporter un animal pareil, ne serait-ce qu'une seule nuit dans sa vie.

Je me suis dirigé vers le coffre de ma voiture en lui tournant le dos. J'ai ouvert la trousse à outils et j'ai murmuré quelque chose, n'importe quoi que j'ai terminé en prononçant clairement les mots « s'il vous plaît ». J'ai saisi la clé de roue et l'ai sortie sur le côté sans que le gros s'en aperçoive. Je lui ai demandé de s'approcher, je lui ai montré quelque chose à l'intérieur du coffre. Cet idiot s'est penché pour voir. Je lui ai écrasé la nuque avec la clé de roue.

Il s'est écroulé comme ce qu'il était : un tas de graisse amorphe. Je lui ai enlevé rapidement son pistolet, un Ballester Molina 45, que j'ai reconnu immédiatement : c'était le même que nous utilisions pendant nos gardes, au service. Je l'ai mis à la ceinture, contre mon dos, et j'ai empoigné le .38 qui avait appartenu à Antonio. J'étais ravi d'avoir un revolver à silencieux. Il fait un bruit extraordinaire, à peine un petit claquement, comme un guanaco qui crache, clac, ou clic, et le pantin que tu as en face peut aller se faire foutre.

J'ai appelé l'autre flic comme s'il y avait urgence, en lui disant que son camarade n'allait pas bien. L'homme, moins gros et plus petit, lui, comme des Laurel et Hardy de la police du Chaco, est venu vers moi d'un air très embêté en demandant qu'est-ce qui se passe, qu'est-ce qui se passe ?

– Voilà ce qui se passe, je lui ai dit quand à deux mètres je lui ai collé une balle en pleine figure. Clac, et qu'il aille se faire foutre ce sale type. J'étais ravi de cette affaire. Croyez-moi : c'est fascinant de tuer des gens. Oui, je sais parfaitement que cela vous paraîtra absurde, horrible, mais essayez et après vous me direz.

Griselda est descendue de la voiture, a regardé le tableau et m'a dit :

– Mais tu es fou, tu ne peux plus t'arrêter.

Je lui ai ordonné de regarder s'il y avait une autre arme dans la voiture de patrouille pendant que je récupérais le .45 du maigrichon, qui était par terre, les jambes écartées. Elle l'a fait très lentement, comme au ralenti, comme si elle était très fatiguée ou si elle se fichait du tiers comme du quart de tout ce qui pouvait se passer dans le monde. Elle est revenue les mains vides, s'est rassise dans la voiture, a arrangé sa robe, en la lissant sur ses cuisses parfaites. Pendant quelques secondes j'ai admiré ses jambes. Elles sont magnifiques, uniques. Les plus belles jambes du monde. Je ne sais si je vous ai dit que dans sa jeunesse Griselda avait été danseuse : elle avait fait partie du ballet de l'Université et elle serait arrivée au teatro Colón sans je ne sais quelle histoire avec ses parents, qui ne l'avaient pas laissée le faire.

J'ai passé la première et nous sommes allés faire de l'essence.

Il y avait une station Shell à un coin de rue et là j'ai demandé au gamin qui servait de faire le plein. Nous sommes restés silencieux, dans la voiture. Griselda regardait devant elle, vers la place, comme dans un dialogue muet, secret, avec quelque chose ou quelqu'un. Elle avait les yeux vagues. Ou trop plein d'un tas de choses que je ne connaissais pas, que je ne pouvais pas connaître.

J'ai pensé que tout ne faisait que commencer. Mieux, j'ai compris qu'une amarre s'était rompue, qu'un fil avait quitté sa place. Il s'était produit un défaut, disons dans la ligne de production. De ce fait tout entrait en crise, tout se renversait, le trouble devenait la norme, et à un rythme vertigineux. En une seconde le monde même semblait avoir changé. Je me suis souvenu du jour où en voyage, en Allemagne, pour visiter la cathédrale de Cologne je n'avais pas pris l'Intercity qu'on a appelé ensuite le Train de la Mort : le train fou, en pleine nuit, avait derraillé, la locomotive s'était écrasée contre la gare et quinze wagons étaient montés les uns sur les autres – l'effet dit accordéon –, et ça avait été un désastre : un tas de morts et de blessés et une de ces crises gouvernementales, je vous dis pas, un vrai bordel. Je ne sais toujours pas pourquoi j'avais choisi de rester une heure de plus dans la cathédrale, et je n'ai pas pris ce train, pour lequel j'avais les billets. Mais c'est comme ça : il suffit qu'un petit engrenage saute pour que tout explose, pour que tout change. Les gens n'ont pas idée de la fragilité de la vie. Et pourtant presque tous, comme des imbéciles, passent leur vie à prendre soin de ce qui est éphémère, à garder et à conserver ce qui est destiné à disparaître. Très drôle, après tout.

Je riais dans ma barbe en me disant tout ça. En je ne sais combien de temps, disons en moins de deux heures, j'avais provoqué un bordel indescriptible. Et après on viendra vous dire dans les films que ces choses-là ce sont des trucs de drogués ou d'ivrognes ou de gamins que leurs parents ne comprennent pas ; qu'ils aillent se faire foutre, les moralistes qui font du cinéma. Presque tous ceux qui font du cinéma sont des fils de pute.

Le garçon m'a rendu les clés, je l'ai payé et il m'a remercié pour le pourboire que je lui ai laissé, un pourboire inhabituellement généreux. J'ai démarré, et tout de suite, j'ai allumé une cigarette et j'ai conduit, très concentré, persuadé que j'étais tout simplement en train de découvrir la méchanceté. Moi aussi, dis-je. Cela c'était la méchanceté même. Que personne ne me juge, je vous en prie, ne vous donnez pas cette peine. Personne dans ce pays pervers n'a le droit de juger personne, compris ? Que personne n'ait le front de me juger dans ce pays où après les militaires, qui ont été des porcs, et des incapables, ce sont les mafieux, les voleurs et les fils de pute qui gouvernent maintenant. La seule différence, semble-t-il, c'est que ces derniers ont de meilleures manières. Ils sont plus présentables, c'est sûr, et les banquiers sont contents non seulement parce qu'ils gagnent des fortunes mais aussi parce que les nouveaux riches apprennent vite les bonnes manières. Et moi aussi j'ai appris les bonnes manières, bien sûr, mais attention j'ai toujours été un homme droit, je n'ai jamais baisé personne, j'ai été un parfait connard. Et j'en ai eu marre, et voilà tout. OK ? Voilà tout : Romero était un type formidable, un homme comme il faut, qui aurait pu penser une chose pareille, ils peuvent dire tout ça... Mais il faut aussi qu'ils sachent que Romero en a eu marre d'être un homme honnête pour des prunes. En un mot comme en cent, pour que personne ne me juge : j'en ai eu marre et maintenant ils me les cassent tous... Aussi, mes enfants, pas de scandale, ici personne ne peut en montrer un autre du doigt, personne ne peut jeter la première pierre, personne n'a le cul assez propre pour aller voir dans les caleçons de son voisin.

Donc, que les moralistes ne me jugent pas. Les nôtres ont déjà détruit deux générations dans ce pays. Il n'y a plus rien à espérer d'eux. Plus rien, maintenant. Dans ce pays, avec ces gens-là, c'est sans remède. Depuis que des narco-trafiquants nous gouvernent et que les gens commencent à ressentir de la nostalgie pour les dictateurs, il est clair que pour ce peuple la rigueur est le seul destin. Les mous ont piétiné nos valeurs, alors ne venez pas maintenant me parler de valeurs. Quelles valeurs, de qui, et pourquoi c'est moi qui doit les respecter ? Et ne me parlez pas non plus de la jeune génération ; je ne crois pas que celle de mes enfants soit meilleure. Pas nécessairement et il n'y a pas de preuves évidentes. Aussi qu'ils n'aient pas le front de nous juger, ni les braves cœurs innocents, ni les marchands de chair qui prostituent des fillettes, ni ceux qui s'opposent à la dépénalisation des drogues tout en trafiquant, ni les fils de pute qui ne sont pas capables de pleurer la mort de leurs propres enfants.

Ni ceux qui changent d'identité, les suicidés d'opérette, ceux qui paient des tueurs à gages, ceux qui vendent leur âme, les lucifers vernaculaires, les luzbels de la littérature ou, enfin, ceux qui tous les jours vendent la vie des autres, qu'ils ne me jugent pas, merde, il faudrait inventer un dixième cercle de l'Enfer pour eux tous, pour ces individus qui pontifient et qui mentent, pour les hypocrites et les cyniques dont ce pays est archi-plein, pour les violents qui prêchent la paix, pour ceux qui bénissent le premier qui les paie et pour ceux qui sont bénis par le premier charlatan venu. Un dixième cercle pour les lâches aussi, pour ceux qui académisent, pour les écrivains à gages, pour ceux qui mettent un terme aux polémiques et à la pensée, les faux sincères, les transgresseurs de la télévision, les drogués de télévision, les corrects de carton-pâte, ceux qui applaudissent par-dessus la table et se les touchent ensuite dessous, ceux qui sourient devant les puissants, les professionnels de la génuflexion, ceux qui sont toujours fonctionnaires parce qu'ils savent retomber sur leurs pieds, ceux qui s'en tirent toujours à leur avantage et qui s'arrangent pour avoir une petite place au soleil, ceux qui murmurent à voix basse et ceux qui sont bien élevés. Il n'y a plus d'espoir : Nous sommes dans un pays de moutons et de désespérés.

Je ne sais pas si je suis clair : je me fous que vous pensiez que je suis un aigri, un psychopathe ou tout ce que vous voudrez. Je me fous de ce que vous pensez ou voulez ; ce que je dis, c'est que je ne permets à personne de me juger ni d'apprécier tout ce que j'ai fait, ce que nous avons fait à partir du moment où cette histoire a commencé, quand avec Gris nous avons décidé de tuer son mari. Un peu de respect, messieurs, un peu de silence devant une telle tragédie. Un petit peu de discrétion, allons...

Et sur ces pensées nous sommes sortis de la ville et j'ai pris le pont qui mène à Corrientes. Je me suis dit que je ne faisais ça que pour jeter le couteau et le tisonnier dans le Paraná, de l'endroit le plus élevé, c'est-à-dire d'une centaine de mètres. Impossible de rien retrouver qui ait été jeté dans le fleuve d'une telle hauteur, à cause de sa profondeur à cet endroit et de la force extraordinaire de ses eaux. Ils ne trouveront jamais les armes meurtrières, me suis-je dit avec humour. Qu'ils bossent un peu, que ça ne soit pas facile. Rien ne devait être facile pour personne, s'il ne tenait qu'à moi, à nous. Et ça ne le serait pas.

HUIT

Sur le pont, Griselda me proposa de continuer jusqu'à Posadas, et de là, couper vers Encarnación. Ensuite nous pourrions traverser tout le Paraguay vers le nord et entrer au Brésil par El Pantanal ou par Corumbá, et puis on verrait continuer, s'enfoncer dans le Mato Grosso, franchir l'Amazone et arriver là-haut, du côté des Guyanes, par Amapá, et nous installer pour vivre dans une cabane au bord de la mer.

Elle était folle. Je l'écoutais en me demandant si elle délirait ou simplement si ça l'amusait d'imaginer ce périple.

– Ils vont nous prendre comme deux petits faons, lui dis-je. Si nous bougeons autant ils vont finir par nous trouver. Ce qu'il faut faire, c'est se planquer quelque part et rester un moment tranquilles.

– Bon, on fait ce que tu veux. Après tout, moi, ça m'est égal, je te l'ai déjà dit.

– Même tes filles ?

Je vis, ou plutôt je sentis, que sa nuque se crispait et qu'un rictus atroce, peut-être involontaire, se dessinait autour de sa bouche.

– Tout ira bien pour elles, ne te mêle pas de ça. Va te faire foutre, Alfredo, dit-elle, très froidement. Je ne veux pas penser à elles, ni à rien qui m'attache encore à quoi que ce soit, je te l'ai déjà dit. Alors ne m'emmerde pas. Assez. Basta.

Je me tus et je me mis à réfléchir à ce qu'elle proposait. Je me dis que pour changer de pays il fallait peut-être changer de voiture. Je calculai rapidement que la seule que je pouvais prendre ce soir-là c'était celle d'Asad le Turc. Ami lui aussi d'Antonio et de Griselda, il garait sa voiture dans le garage de la Fédération médicale du Chaco, dont il était un des dirigeants. Les gardiens me connaissaient et si je me présentais avec un quelconque message du Docteur Asad, ils me donneraient les clés sans hésiter. Je ne pus m'empêcher de sourire en imaginant la tête du Turc le lendemain : c'est un maniaque de l'automobile, il venait d'acheter une superbe Rover, le modèle le plus cher, le plus exclusif. On entendrait ses insultes jusqu'à l'Orénoque.

Mais je décidai qu'il valait mieux continuer avec la mienne. A cause des papiers de la voiture et parce que trois heures plus tard on pourrait franchir la frontière, avant qu'on n'apprenne quoi que ce soit ou du moins avant qu'un mandat d'arrêt n'arrive au pont de Posadas-Encarnación. Tous les ponts frontaliers sont gardés par la Gendarmerie nationale et les gendarmes haïssent les policiers provinciaux parce qu'ils sont aussi corrompus qu'eux mais bien plus ineptes. Je me remis à sourire en pensant que pour la Rover du Turc il s'en était fallu d'un poil.

– On peut savoir ce qui te fait rire ? demanda Griselda sur un ton rogue.

– Rien qui puisse t'intéresser, répondis-je sèchement. Mais tu devrais changer d'humeur, un long voyage nous attend.

– C'est une menace, monsieur Je-ris-tout-seul ?

– Prends-le comme tu voudras, mais change d'humeur.

– Et si je n'en ai pas envie ?

Je ne sais pas ce qui m'est passé par la tête, ne me demandez pas pourquoi j'ai fait cela, mais j'ai freiné brutalement et Griselda, qui n'avait pas mis sa ceinture de sécurité, a heurté le pare-brise. Elle s'est donné un coup sur la tête et quand elle s'est tournée vers moi pour protester, sur ma lancée je lui ai fermé la bouche d'un revers, à la volée. Et j'ai la main très lourde.

Je n'avais jamais frappé personne auparavant, et encore moins une femme, je le jure. Mais cette fois je n'ai pas pu me retenir.

Comme il fallait s'y attendre, Griselda aussi a réagi violemment. Elle a repris ses esprits sur-le-champ, comme un boxeur qui reçoit un marron et sait qu'il doit le rendre tout de suite car il y va de sa vie, et si possible rendre le double, elle s'est jetée sur moi férocement, m'a griffé comme une chatte. J'ai essayé de la saisir par les poignets mais je n'ai réussi qu'à moitié. Pendant que nous nous débattions, elle m'a égratigné le visage, à côté de l'œil droit. Elle était déchaînée, complètement hors d'elle, je n'ai pas pu faire autrement que de lui flanquer un coup de poing sur le nez.

J'ai la main lourde, je vous l'ai dit, et bien que je n'aie pas l'habitude de me battre – en fait, je le répète, je n'avais jamais frappé personne – je sais que j'ai la main très lourde. Donc, je la lui ai flanquée en pleine figure et j'ai senti comme un craquement sous la peau, un léger crac comme si quelque chose se cassait là-dessous. Un os, la peau, une dent, je ne sais pas, je lui ai cassé quelque chose, elle a eu un “ aïe ” très doux, profondément douloureux, comme un petit soupir final, et elle s’est retrouvée au tapis. Groggy. Knock-out.

Je l’ai regardée un moment et j’ai vu un hématome violacé qui s’élargissait autour du nez et sous les yeux, qui se sont mis à gonfler comme si elle avait pleuré pendant deux jours d’affilée. Je me suis regardé dans le rétroviseur et j’ai vu un petit filet de sang qui coulait à côté de mon œil droit. Je l’ai essuyé avec mon mouchoir. Ensuite je me suis accroché au volant et j’ai regardé la nuit au-delà du pare-brise. Nous étions sur la route qui longe le fleuve, avant d’arriver au Casino, dans une zone assez sombre. J’étais furieux, j’ai pensé à la tuer tout de suite ; en fait, l’endroit et l’heure, trois heures du matin, s’y prêtaient parfaitement. Mais c’est l’amour qui m’a retenu, ou ce qu’il en restait, je ne sais pas, vous pouvez appeler comme vous voudrez ce que je ressentais encore pour Griselda. Là, en cet instant, j’ai compris que la colère peut vraiment être un péché irrépressible ; la fureur égare, aveugle, et quand on voit que les issues sont fermées, tout ce que l’on veut c’est briser les barrages, charger comme un bison, punir comme si on était Dieu. Celui qui a dépassé les bornes en tuant et ne peut plus se refréner, a la puissance du taureau, la brutalité de la bête qui emporte les barbelés et les barrières sans que rien ne l’arrête, et qui est capable de mourir dans sa tentative mais qui jamais, jamais, ne cessera de pousser. La colère est un taureau fou, me dis-je, et à cet instant j’étais la colère.

Seuls le silence de la nuit, ma respiration qui redevenait lentement normale, et le doux souffle plaintif de Griselda, endormie à côté de moi, me calmèrent peu à peu. Elle bougea légèrement, sa robe remonta un peu, à la faible clarté d'un réverbère ses jambes brillèrent et je m'embrasai. On voyait son slip minuscule, d'une blancheur immaculée, qui contrastait avec sa peau brune et lisse, lisse comme la surface d'une lagune au soleil de midi. Sous la robe, je savais qu'elle était là, nue. Elle ne portait que rarement un soutien-gorge, fière de ses seins, larges et ronds, des seins de mère mais toujours fermes, hauts, généreux. Je les adorais et elle adorait que je les suce doucement, comme un bébé qui tête le dernier lait en guise de dessert en s'endormant doucement. Je la contemplais en pensant à la chance que j'avais de m'être fait aimer d'une pareille femme, et je sentais que quelque chose s'agitait entre mes cuisses, comme un murmure sourd mon sexe se dressait sous mon pantalon et exigeait d'être libre pour la bataille. J'ouvris ma braguette et pendant que je sortais mon membre je me penchais pour plonger mon visage entre les cuisses de Griselda. Je parcourus de la langue le fin tissu du slip et je me mis à la sucer d'abord doucement, puis, quand elle réagit soudain comme au sortir d'un beau rêve et non d'un cauchemar, de toute la force de ma bouche, en donnant de la langue une succession de coups de fouet qui excitaient son clitoris et la faisaient se soulever électrisée, si bien qu'elle avait l'air de léviter, comme une épileptique, au-dessus du siège de la voiture.

Alors elle me demanda de la pénétrer, elle me supplia de la déchirer tout entière, de la battre encore, de lui faire tout ce que je voulais parce que j'étais un enfant de putain et il n'y avait rien à faire et Dieu lui-même ne me pardonnerait pas mais j'étais un enfant de putain merveilleux qui la faisait jouir comme personne ne l'avait fait à ce jour.

Vous m'excuserez, mais pas un mâle au monde ne refuserait de répondre comme il se doit à de telles exigences. Je fus la colère et je fus le taureau fou, tout à la fois et au même instant. Elle passa par une série d'orgasmes et à la fin, quand je parvins au mien, je la sentis si abandonnée et si fragile sous mon corps, je la sentis je dirais si brisée, que je me soulevais doucement, je regardai de nouveau son visage – elle avait les yeux fermés et un masque de douleur trop expressif, trop profond – et j'éjaculai en poussant un cri rauque, féroce, en répétant son nom encore et encore en me disant que j'étais capable de tout pour cette femme, de tout, vraiment, même de la tuer.

NEUF

Un peu de sang, peut-être une dent cassée. C'est tout ce qu'elle avait, finalement. Je l'essuyais amoureusement avec mon mouchoir mouillé de salive en me disant que, même si ce que je lui avais fait était une saloperie, ce n'était finalement rien à côté de l'attitude de tant d'individus que je connaissais, qui n'avaient certainement tué personne et peut-être ne trompaient même pas leur femme, pouvaient même passer pour de bons pères de famille, mais qui n'en étaient pas moins de parfaits crétins, presque des professionnels des mauvais traitements, violents à la maison, maîtres chanteurs et cyniques de la pire espèce. Je savais bien comment les parents de Marcela, ma première femme, avaient démoli sa vie. Le vieux à coups de poing, la mère en tolérant la violence, tous les deux complices dans leurs mauvais traitements contre les enfants, et même le frère de mon beau-père, l'oncle préféré de Marcela, qui se faisait sucer par sa nièce âgée de sept ans et qui était même arrivé à s'envoyer sa propre fille, Elsita, quand elle n'avait que quatorze ans.

Non, cet enfant de salaud n'avait tué personne, et il se baladait en ville en toute liberté. On pouvait encore le voir à La Biela, n'importe quand, l'après-midi ou le soir en train de boire du whisky jusqu'à l'aube avec ses petits copains. Mon propre beau-père, le grand-père de mes enfants, n'avait tué personne, lui non plus, mais sa fille lui vouait une haine inexpiable à cause de sa trahison et de sa violence, parce que, jusqu'à notre mariage, cette sombre canaille la frappait, un jour j'ai dû moi-même le menacer, ce qui était contraire à tous mes principes d'alors :

– Si vous touchez encore à un seul cheveu de sa tête, Marcela a beau être votre fille, je viens et je vous tue. C'est comme ça. Et après ne venez pas me dire que je ne vous ai pas prévenu.

J'ai dû avoir, alors, un regard convaincant. Ou je devais être simplement convaincu de ce que je disais, cet homme m'a détesté presque toute sa vie mais il n'a jamais plus osé s'en prendre à Marcela et moi il m'a respecté davantage. Quand nous nous sommes séparés il a même dit à sa fille qu'elle perdait un mari exemplaire.

Voilà l'hypocrisie qui règne à Payton Place. Moi, elle me tue.

Des cas comme ça, j'en connais à la pelle, allons, nous les connaissons tous. Le vieux Di Tomasso qui va avec la femme du Russe Kobalsky depuis presque vingt ans, en fait ils forment un couple qu'on peut rencontrer à Buenos Aires ou à Rosario, des tas de gens les y ont vus, et pourtant Di Tomasso est président de la Coopérative du collège de la Grande Œuvre du Sacré Cœur Immaculé, la femme de Jacobo dirige le Chœur Polyphonique de la municipalité, Kobalslky préside en personne la Fédération Economique Départementale et il est de notoriété publique que tous les vendredis et tous les samedis il va aux putes à Corrientes. Tous jouent à ne savoir rien de rien. Personne ne tue personne, même pas une mouche, mais ce sont tous des porcs immondes.

Et Chiquita Ferraro, la fille du plus célèbre médecin qu'ait donné le Chaco, elle n'est peut-être pas la mère d'un enfant qu'elle a eu avec son propre père, professeur émérite à la faculté de Médecine de l'université ?

Aucun d'eux n'est un assassin, mais tous fraudent le fisc, tous détournent des fonds publics et tous connaissent les meilleurs raccourcis pour mener la belle vie. Les politiques parce qu'ils se servent de ce qui appartient à la collectivité, des postes, des bureaucraties, du système de prébendes et de corruption, qu'ils ont eux-mêmes créé et développé. Les apolitiques parce qu'ils font monter les prix, portent atteinte à l'écologie, détruisent ce qui peut être conservé, écrasent de leur mauvais goût l'esthétique de nos villes. Tous passent l'été à Santa Catarina ou aux Caraïbes, tous vont à Miami et parfois en Europe, tous sont experts en Mercedes Benz, en BMW ou en Honda dernier modèle et tout cela au prix du malheur d'autrui, de la boue des autres, des dépravés et des pervers avec des cartes de visite d'hommes honorables, chacun avec son pedigree aussi faux qu'une pièce de quatre pesos.

Mais personne n'a jamais tué personne. Personne ne peut être accusé d'être l'assassin de quiconque. Personne.

Je finis d'essuyer la joue de Griselda, lui donnai un baiser sur le nez. Malgré l'obscurité, on voyait se former un hématome sur cette peau que j'aimais. Je me sentais coupable, infâme, je me sentais monstrueux, plus pour l'avoir frappée qu'à cause de tous les coups de pelle et de tous les coups de feu qui étaient sortis de ma main pendant cette nuit atroce. Parce que – attention – c'était une nuit atroce, j'en étais parfaitement conscient. Je ne vais pas dire maintenant que je ne savais pas ce que je faisais, hein ? Bien sûr que je le savais, mais bien sûr que je l'ai toujours su... Je pourrais passer ma vie à pousser des soupirs de repentir dont j'ignore s'ils seront sincères, mais je ne dirai jamais que je ne savais pas ce que je faisais. La preuve de ma culpabilité était claire et nette à cet instant : ce bleu sur le visage de Griselda était plus accusateur, plus condamnatoire que les trois ou quatre assassinats des heures précédentes.

Très certainement, me dis-je, la différence se trouvait dans le désir irrépressible, dans la passion partagée, dans l'amour-malade si vous voulez, mais l'amour, quand même – que nous ressentions l'un pour l'autre. Dans les rêves que nous avons faits ensemble aussi, bien entendu. A ce moment-là je me suis souvenu comment, au début, nous avons géré nos fautes, la peur qu'alors elle m'inspirait, et, oh oui !, l'immense bonheur, le bonheur fou que j'ai ressenti d'être tombé amoureux, finalement amoureux, d'une femme parfaite, pour moi parfaite, adorable, merveilleuse, brillante, une femme qui avait tout pour elle. Même un mari qui était mon ami et qui de toute évidence gênait.

Enfin, nous avions encore une longue route à faire ensemble, cette nuit et les jours suivants. Les nuits sont longues me dis-je, et les lendemains sont toujours incertains. En conséquence, la question que je me posais en traversant la ville de Corrientes, qui dormait avec la même unanimité qu'elle prie ou qu'elle chante, ce n'était ni quand, ni comment, ce n'était même pas pourquoi. La question que je me posais concernait les limites. Où étaient-elles ? Elles existaient, les limites ? Et la réponse était, évidemment, qu'il n'y avait pas de limites, qu'il n'y en avait plus, parce que j'étais l'enfant, et peut-être un des enfants les plus sincères, d'un pays où la seule chose véritablement et catégoriquement claire c'était que l'illimité était la norme, que tout ce qu'une imagination était en mesure d'inventer était possible et que, en toute circonstance, il s'agissait de voir jusqu'à quel point l'imagination de chacun était prodigue ou frénétique.

Je pris la nationale 12 en direction de Posadas. Tout de suite, après le vieil aéroport de Cambá Punta, la police nous arrêta. Simple routine, un gros à moitié endormi se pencha pour regarder s'il y avait quelqu'un sur le siège arrière, me demanda où nous allions et après que je lui eus dit que j'allais prier à la première heure la Vierge d'Itatí il me salua de la tête en me disant, cérémonieusement :

– Bonne nuit, monsieur, je vous souhaite un bon voyage.

Je me signai aussi cérémonieusement et démarrai. Dès que le type ne me vis plus je me mis à rire. Griselda posa amoureusement une main sur ma cuisse.

– Tu es sublime, dit-elle. Le plus cruel et le plus dégueulasse de tous les sublimes fils de pute.

Et elle alluma la radio mais on n'entendit que des bruits, des airs qui avaient l'air de surgir de vieux 78 tours.

Je me dis que la question était de savoir combien de temps nous avions encore pour fuir. Je n'allais pas tarder à le savoir.

DIX

J'avais peur de m'endormir au volant, car j'étais fourbu. J'avais mal au bras droit, de l'épaule jusqu'à l'ongle de chaque doigt, et en plus j'avais l'impression d'avoir les reins gonflés, je ne sais pas, comme si on m'avait donné deux coups de pied dans les côtes. De la tension, simplement, me suis-je dit, et je me suis aussi dit que je n'avais pas le choix. J'ai fouillé dans la boîte à gants et j'y ai trouvé un pilulier avec de l'aspirine. J'en ai toujours avec moi. De l'aspirine rouge, la plus forte. J'en ai avalé trois comprimés. Je les ai trouvés si infects que j'ai eu un haut-le-cœur. C'est alors que je me suis rendu compte que j'avais aussi faim.

Je me suis arrêté devant une station-service Esso et j'ai demandé à Griselda de descendre acheter un sandwich, un soda et un double café bien serré. Elle l'a fait, et nous avons mangé dans la voiture, sur le côté de la station-service, la portière ouverte. Quand j'ai démarré le café fumait encore. Griselda avait également renouvelé notre provision de cigarettes, nous avons fumé en silence. J'ai calculé que dans deux heures et demie nous allions franchir le pont entre Posadas et Encarnación. Je me disais que si tôt le matin les gendarmes ne nous embêteraient probablement pas, de toute manière il suffisait d'avoir quelques dollars en petite monnaie. Des deux côtés de la frontière, si vous avez des dollars en petites coupures, vous pouvez passer ce que vous voulez dans un sens ou dans l'autre. Le signe monétaire de la frontière argentino-paraguayenne se nomme Corruption. C'est un langage multilingue : tout le monde le comprend.

Une fois là, je téléphonerais à Eleuterio. C'était un type qu'Antonio et moi avions aidé à deux reprises dans des affaires pas très claires, des actes d'achat rapides de terrains à Formosa et dans le Chaco, pour des sommes énormes, sans poser de questions et avec des papiers censés être transparents. Chaque fois il nous avait très bien payés mais nous nous étions toujours montrés si sérieux avec lui qu'il nous envoyait régulièrement à Noël des caisses de whisky écossais, du plus cher, et à plusieurs reprises il avait affirmé que le jour où nous aurions besoin d'aide, de quelque nature, il nous suffirait de le lui faire savoir. Eh bien, ce jour était arrivé.

Je me sentais fatigué, et dans un certain sens un peu effrayé aussi. Ou bien non, ce n'était pas exactement cela. C'était peut-être l'étonnement que je me provoquais moi-même, et que soudain j'étais incapable de déchiffrer. Je n'arrivais pas à comprendre si le type qui fuyait c'était vraiment moi, s'il s'agissait d'un rêve, d'un cauchemar dont je sortirais dans quelques heures, ces choses auxquelles on pense dans ces cas-là. Vous n'avez pas idée de la quantité de choses bizarres auxquelles on est capable de penser quand on se trouve dans une situation limite. Et je m'y trouvais : j'étais en pleine fuite et je savais que chaque minute commençait à prendre une valeur inestimable. Il m'était impossible de savoir à quel moment on découvrirait les cadavres chez Antonio, si les voisins viendraient, ceux de la pizzeria, les flics ou je ne sais qui. Faire des conjectures là-dessus n'avait aucun sens. Je ne pouvais pas non plus savoir ce qu'avait bien pu dire la petite morveuse de la Mazda rouge. Ni à quel moment les flics recouperaient tous les éléments de tous ces crimes, mais j'étais sûr qu'ils avaient déjà trouvé la voiture de patrouille avec Laurel et Hardy. Ils nous cherchaient peut-être déjà ; peut-être avions-nous encore un moment.

Ce qui était certain c'était qu'à l'aube, dans tout les cas, il fallait être de l'autre côté du fleuve, en territoire paraguayen.

Alors j'ai sursauté sur mon siège et j'ai compris la nature de la peur que je ressentais : j'ai soudain réalisé qu'arriver à Posadas n'allait peut-être pas être difficile, mais que la traversée pour Encarnación était une chimère. Si bêtes et inefficaces que soient les flics du Chaco, par esprit de corps et parce qu'ils devaient être furieux, ils avaient dejà dû envoyer un tas de demandes de contrôle aux frontières. Ils n'étaient pas assez cons pour ne pas savoir qu'un couple qui se paie une partie de rigolade comme la nôtre, essaie d'abord de passer au Paraguay.

Soudain je compris très clairement qu'ils allaient nous faire comme des rats sur le pont même. Je sentis mon sphincter se contracter.

– Gris, je suis en train de me dire qu'on n'a peut-être pas le temps de traverser par Posadas.

– Je pensais exactement la même chose. Je regrette de t'avoir donné l'idée d'aller jusque-là.

Nous avons gardé le silence quelques secondes. J'ai vu l'entrée d'Itatí. Il y avait des lumières. Je ralentis.

– Qu'est-ce que tu penses faire ?

– Il faut traverser le fleuve le plus vite possible, non ? On peut le faire par n'importe lequel de ces villages, et on va le faire.

– Et comment on va obtenir une barque ou quelqu'un pour nous passer ? Tu veux traverser à la nage ?

– On va bien trouver quelque chose ou quelqu'un. Je ne sais pas, allons à l'embarcadère et on verra. Ça fait des années que je ne suis pas venu à Itatí mais je me souviens qu'il y a un embarcadère.

– Très bien, dit-elle, et elle alluma deux cigarettes, et m'en passa une pendant que je prenais le chemin qui mène à la ville. Disons donc que notre situation est désespérée, alors on va agir en désespérés. On va traverser par ici, quoi qu'il arrive.

– Bravo, ça c'est ma femme, dis-je, et j'ai accéléré pour entrer dans la ville à toute vitesse.

ONZE

De la nationale à la ville il y a moins de dix kilomètres, que nous avons faits en quelques minutes. J'allais à toute allure, à cent quarante environ, et c'est à peine si j'ai ralenti quand j'ai vu se dessiner dans l'obscurité de la nuit, la gigantesque silhouette de la basilique. Je ne sais pas si vous la connaissez, mais c'est une masse d'une centaine de mètres de haut, avec une coupole dont quelque architecte ecclésial doit avoir cru qu'elle pourrait égaler celle de Saint-Pierre ou quelque chose comme ça. En définitive c'est une chose énorme, typique mélange de styles – elle ne pouvait être qu'argentine – et inachevée. Mais elle a une contenance énorme, des milliers de fidèles doivent y tenir, et tous les ans on organise deux pèlerinages tout à fait impressionnants par l'importance de la foule, l'un en septembre et l'autre, bien sûr, le jour de la Vierge, qui est le grand événement à Corrientes et dans toute la région.

La petite ville, qui doit avoir cinq mille habitants, était endormie. Il était plus de quatre heures du matin. Mais il faisait une chaleur de tous les diables ce qui, on le sait bien, garantit toujours qu'il y a des gens qui ne dorment pas. Les insomniaques, les putes et les désespérés, au moins, sont les gardiens de la nuit dans toutes les villes de la planète. Et à Itatí il devait y en avoir des trois catégories.

Deux jeunes filles bavardaient sur l'immense place, devant la basilique. Plus loin il y avait une vieille jeep de la police, peut-être la seule voiture de patrouille de l'agglomération, et du côté du fleuve, à une centaine de mètres de la place, on voyait ce qui avait l'air d'être un bar ouvert. J'arrêtai la voiture à deux mètres des filles et leur demandai, sans descendre :

– Là-bas, c'est un bar, n'est-ce pas ?

– Toi, qu'est-ce que tu en penses ? me répondit l'une d'elles, la plus brune, vite déçue parce qu'une femme m'accompagnait.

– Je crois bien que oui, mais je voulais une confirmation. Il y a un port, ici, ou un débarcadère ? Nous avons besoin d'une barque.

Toutes deux éclatèrent de rire comme si ma plaisanterie était vraiment excellente.

– Dans deux heures le jour va se lever. A l'heure qu'il est tous les patrons de barques sont en train de dormir.

– Et puis on dit qu'on ne peut pas pêcher ces derniers temps, dit l'autre, qui était un peu plus blanche et plus trapue.

– Vous pouvez essayer au Paso. C'est près d'ici.

– Nous avons besoin d'une barque, dis-je, sèchement. Nous en avons besoin maintenant et ici. On nous a dit qu'on peut pêcher à l'aube dans un endroit que nous connaissons, et nous sommes prêts à très bien payer...

Ces derniers mots furent un vrai sésame, bien entendu. Leur humeur changea, elles me prêtèrent attention, se montrèrent presque charmantes. La brune nous dit d'attendre avec son amie, pendant qu'elle allait chercher don Santos, qui était son oncle, un bon passeur et un excellent guide pour les pêcheurs. Je lui dis que si elle n'était pas de retour dans les dix minutes, nous demanderions à la police elle-même de nous aider, ce n'était pas pour rien que nous payions bien les services que nous demandions.

La fanfaronnade fit son effet : la fille revint au bout de dix minutes exactement, en traînant à moitié un homme d'âge indéfini, maigre et anguleux, ridé comme une tortue. Il ne devait avoir que deux ans de plus que moi, mais il aurait presque pu être mon père. Il avait dans la peau tous les soleils du Paraná, et il avait eu souvent faim, une faim uniquement assouvie à grand renfort de poissons. C'était peut-être un bon buveur, aussi. Il avait des yeux sillonnés de veines et un nez également très rouge. Il ne m'a pas beaucoup plu, ce type, mais l'offre était rare ce matin-là.

Je suis descendu de la voiture et nous nous sommes serré la main, et, comme cela se fait à Corrientes, j'ai parlé le premier :

– C'est vous, don Santos ?

– Pour vous servir, patron.

– Très bien, moi je suis le Docteur Carlos Romero Taboada, lui dis-je cérémonieusement, comme cela se fait pour un nom illustre de la région.

– Je vous écoute, patron – le type n'avait pas l'air impressionné.

– La pêche ne nous intéresse pas. Cette dame a un problème de famille urgent. On vient de nous prévenir par téléphone et nous devons traverser tout de suite.

– Héeee... dit-il, en me donnant une réponse typique de Corrientes : il ne me croyait pas mais il ne voulait pas m'offenser, et en plus il lui fallait gagner du temps pour réfléchir aux risques et à ce qu'il nous prendrait pour cela. Je pouvais entendre son cerveau grincer : c'étaient des engrenages élémentaires mais pleins d'astuce. Ce que cet homme n'avait pas en intelligence il l'avait en ruse – Et vous voulez aller où, vous, patron ?

– De l'autre côté. Très vite et sans qu'on me pose de questions. Dites-moi votre prix.

– Et... – le pauvre diable était toujours aussi évasif. Il prenait la mesure de notre urgence pour ne pas se tromper de chiffre. Je vis que Griselda s'énervait ostensiblement, en sur-jouant peut-être trop. Mais c'était bienvenu.

Toutefois, le type préféra me renvoyer la balle.

– Ecoutez, dites-vous même.

– Cinq cents pesos.

– Héee... Ça ne fait que la moitié seulement, dit-il en fixant le sol. Il ne pouvait me regarder dans les yeux parce qu'il savait qu'il était en train de me rouler.

– Bien, disons que c'est huit cents et j'accepte. Ça vous va ?

Ses yeux brillèrent pendant qu'il faisait oui de la tête. Huit cents pesos, ce salaud ne les gagnait même pas en un mois.

– Il vous faut combien de temps pour préparer la barque, demanda Griselda sur le ton de l'exaspération. Je compris qu'elle ne faisait pas semblant.

– Elle va être prête de suite, patronne, dit le type. Elle est toujours prête, on y va c'est tout. Mais ça va être dur, je vous préviens.

– Vous deux, venez avec nous, dis-je aux filles, qui regardaient la scène comme des témoins privilégiés, comme si on leur avait offert une loge au Cirque panaméricain. Je vais vous payer vous aussi pour un autre service.

Je pris la mallette et le sac de vêtements, fermai la voiture à clé en me demandant pourquoi je faisais cela. Et nous sommes tous partis vers le fleuve, un peu plus bas.

DOUZE

Evidemment je voulais juste qu'elles restent accrochées à mon hameçon. C'est l'argent qui mène le monde, et il fallait que ces filles n'aillent pas colporter dans toute la ville la nouvelle de notre visite avant le petit matin.

Sur la berge, l'homme maigre poussa vers l'eau une vieille barque en bois et je me suis demandé si avec ça nous pourrions traverser le Paraná. C'était un grand canot large, d'à peu près six mètres de long, ventru dans son milieu et à la peinture écaillée. A la poupe il y avait un petit moteur comme un moteur de motocyclette. J'ai eu peur parce que le fleuve, en plus, était ce matin-là très houleux. Griselda m'a regardé, les yeux pleins de rage, de panique aussi, mais nous avons immédiatement compris tous les deux que nous n'avions pas le choix.

Au moment de monter dans le canot, j'ai donné deux billets de cinquante pesos à chacune des filles.

– Oubliez-nous au moins jusqu'au lever du jour et un peu plus, leur recommandai-je. Les deux m'ont souri, reconnaissantes, et ont dit que bien sûr nous pouvions compter sur elles, elles nous ont souhaité bonne chance et bon voyage.

Je savais que de toute manière, dès notre départ, elles pouvaient très bien se mettre à courir pour réveiller tout le monde. Mais peut-être pas. Elles étaient intriguées mais n'avaient pas l'air de mouchardes. Je consultai Griselda du regard. Elle cligna de l'œil, comme pour me rassurer. Non, nous n'avions pas le choix.

Ce qui ne rassurait personne c'était le fleuve. Je ne sais pas si vous connaissez ce salaud de fleuve, la façon dont il se comporte : c'est un manteau d'eaux soyeuses quand il est calme et il n'y a pas de calme comme le sien. Mais quand il devient houleux c'est une mer en furie. Le Paraná est un fleuve vivant, voyez-vous, il a ses courants intérieurs, ses colères, ses mythologies. C'est pourquoi ceux qui le connaissent, comme moi, le considèrent comme un fleuve fabuleux, admirable et haïssable à la fois. Il faut voir quelle fascination il exerce sur les pêcheurs, et surtout le respect qu'il inspire aux nageurs. Personne ne s'y risque, personne ne le traverse sans quelqu'un à ses côtés dans une barque sûre, par exemple. Disons que ce fleuve a une âme et que cette nuit-là il avait une âme tourmentée. C'était une vraie furie et notre petite embarcation, qui me paraissait bien fragile, remuait comme ces petits bouts de bois pris dans les tourbillons aux bouches des égouts et qui n'y tombent jamais puis, d'un seul coup, sont happés par les cloaques. Griselda était assise au milieu du canot, sur une planche qui allait d'un bord à l'autre, et s'agrippait aux tolets. Elle était parfaitement consciente du danger et l'affrontait avec une détermination admirable : le vent la décoiffait, l'eau collait sa robe à sa peau et elle avait sûrement très froid, mais elle ne bougeait que pour accompagner les va-et-vient de la barque, sans un seul mot. J'allais devant, accroupi, comme encastré à un mètre de la proue, et je m'agrippais moi aussi aux bords du bateau. Je portais en bandoulière le sac, les pistolets et les balles des flics, et je serrais fort entre mes jambes le porte-documents. Don Santos était derrière, assis sur une sorte de banquette et il s'occupait du bruit doux et monotone du petit moteur, qui poussait un pouf-pouf-pouf un peu fatigué mais constant.

Il était évident que don Santos connaissait ces colères et faisait confiance à son bateau et à son moteur. Je savais que s'il avait estimé que la traversée était impossible il nous l'aurait dit. Tout ce qu'il avait dit c'était que ça allait être dur, pas impossible. Avec habileté, et, dirais-je presque amoureusement, l'homme guidait sa petite embarcation un moment face au vent, et tout de suite après il la mettait légèrement en travers, puis la redressait de nouveau et ainsi de suite. Le fleuve nous envoyait de l'eau de toutes parts et il semblait que certaines vagues allaient nous submerger. J'avais peur pour nous mais aussi pour le porte-documents : je n'avais pas pris la précaution de mettre les billets dans un sac de nylon. Et puis, on n'y voyait rien, nous allions presque à l'aveuglette avec tout juste une petite lanterne à la proue, que don Santos avait éteinte quant il avait détaché le canot. Plus que le fleuve, c'était lui que je regardais, et, malgré l'obscurité, j'étais attentif à ses mouvements. Ce type, silencieux et concentré, gardait un calme apparent. Je savais qu'il devait savoir parfaitement où nous nous trouvions : les hommes du fleuve ne s'égarent jamais. Ils voient dans la nuit, comme les chauves-souris, un courant violent peut les entraîner ou le vent du Nord les secouer, mais jamais ils ne perdent la boussole intérieure qu'ils ont développée à force de flotter pendant des années et des années.

A un moment donné, j'ai vraiment eu peur : quand j'ai remarqué que derrière nous on ne voyait aucune lumière : Itatí avait disparu et il n'y avait au monde d'autre horizon, d'autre signal que la profondeur de la nuit. A peine une ligne légère, plus sombre que l'obscurité, peut-être imaginaire, que l'on pouvait supposer être la rive d'en face. Là, le fleuve doit avoir quelque trois ou quatre kilomètres de largeur, il ne pleuvait pas et pourtant un ciel couvert nous plongeait dans une espèce de voûte humide et poisseuse à base aquatique. Mais je me disais aussi que c'était une vieille peur, une peur de l'époque où j'étais un type qui devait prendre soin de beaucoup de choses, quand j'en avais beaucoup à conserver, il y avait disons un million d'années. Parce que, à cet instant, vraiment, la seule chose que je pouvais perdre c'était la vie, et, peut-être, Griselda. J'étais si peu de chose, moi, je possédais si peu, que je me suis dit d'accord, si un coup de roulis nous envoie nous faire foutre et si tout doit finir ici, eh bien, d'accord. Bien sûr, je préférais ne pas mourir encore et j'allais faire tout ce qui était en mon pouvoir pour ne pas me livrer. Tout. Cette pensée me tranquillisa…

Mais soudain la petite embarcation s'arrêta brusquement, comme freinée par une volonté supérieure. On entendit un bruit grinçant, une scie sous nos pieds et le petit moteur, après quelques ratés, s'arrêta brusquement. Je compris que nous nous étions échoués sur un banc de sable, probablement en plein milieu du fleuve.

Très en colère et en jurant, je demandai au vieux comment c'était possible, parce qu'il n'était pas concevable que quelqu'un qui, comme lui, connaissait à fond le fleuve ne soit pas au courant de la présence de ce banc de sable, même si l'après-midi il n'était pas visible et si le fleuve venait de le former. Sa réponse était prévisible : il avait mal calculé son coup, le courant était plus fort qu'il ne l'avait cru. Il alla jusqu'à dire qu'on devait déjà être dans les eaux d'en face et que peut-être un garde-côte de la Préfecture navale paraguayenne pourrait nous secourir. Cela dit, il sauta du canot et prit appui sur le sable. L'eau ne lui arrivait même pas aux chevilles.

Je me rendis aussitôt compte que l'homme était en train de jouer au con. D'un côté il nous sous-estimait, et de l'autre il évitait de traverser. Je ne voyais pas clairement où il voulait en venir ; il avait peut-être des comptes à régler avec les autorités paraguayennes, il était peut-être de mèche avec les filles et il pensait nous livrer à la Préfecture navale argentine. Oui, il était aussi possible que tout soit vrai, l'échouage et l'apparition éventuelle d'une vedette paraguayenne, mais il était encore plus probable que ce type soit en train de nous jouer la comédie. Je décidai que je n'en avais rien à faire : ce type était en train de se foutre de nous, je n'hésitai pas. J'enjambai Griselda et me plantai devant lui en le visant avec le .38.

– On va traverser, que tu le veuilles ou non, parce que c'est notre contrat, d'accord ?

Et là-dessus je lui logeai une balle dans la jambe gauche, juste au niveau de l'eau, sous le genou. On entendit un cri sourd, le type fit un bond et se mit à hurler comment je pouvais lui faire une chose pareille, j'étais fou ou quoi. Il se tenait la jambe, il tombait dans l'eau et se relevait. Un moment j'ai eu peur que le courant l'emporte, mais il était très habile : d'une main il tenait sa jambe blessée et de l'autre il s'agrippait au bord de l'embarcation. Il grimpa et resta étendu à côté du petit moteur. Pas mal de sang coulait de sa blessure.

– Maintenant écoutez-moi, espèce de salaud, lui dis-je, d'une voix calme mais ferme. De deux choses l'une : ou bien vous vous faites un garrot, vous nous remettez à flot, vous nous emmenez dare-dare jusqu'à la rive paraguayenne comme convenu et vous rentrez chez vous pour y lécher vos blessures ; ou bien je vous mets une deuxième balle et vous pourrez aller vous faire bouffer par les *palometas*, si c'est bien comme ça qu'on appelle les poissons de ce foutu fleuve. Choisissez.

L'homme attacha sa jambe avec une corde à la hauteur du genou et, rapidement, silencieusement, il plongea une rame dans l'eau et remit le canot à flot. Il fit partir le petit moteur en tirant sur une corde et cette coquille de noix eut l'air de voler, je vous jure. Nous atteignîmes l'autre rive en quelques minutes. Sans qu'on ne lui ait rien demandé ni ordonné, l'homme se dirigea vers une espèce de poste d'amarrage naturel, parfaitement caché pour les contrebandiers, et me dit que si nous marchions à peu près deux cents mètres en amont nous trouverions un sentier, une piste dans la forêt, qui débouchait sur un chemin de terre qui à son tour menait au village le plus proche, Desmochados.

Je compris que le type était maintenant vraiment inquiet. Il se touchait la jambe, comme pour vérifier sa sensibilité. J'ai pensé à le tuer, mais c'était excessif. Je pouvais toujours lui tirer une deuxième balle, je commençais à aimer ça, j'avoue, mais j'ai décidé de le laisser partir. Ce qu'il pourrait raconter au retour ne changerait rien à notre situation. Je baissai l'arme. C'est à cet instant précis que Griselda me l'arracha des mains et lui fit sauter la tête.

TREIZE

Pendant que nous marchions sur la rive du fleuve, en nous enfonçant par moments dans la boue de la berge, luttant contre notre peur de tomber dans un trou d'eau caché qui pouvait nous emporter dans ses remous ou sur un nid de yacarés[6] ou allez savoir sur quoi, je pensais à la pirouette de marionnette de don Santos avant de tomber à l'eau et que le courant l'emporte, et je pensais que la femme qui m'accompagnait était extraordinaire en tout, absolument. Elle était vraiment capable de tout. Bien plus que moi et que tous les gens que je connaissais. Et soudain elle me fascinait et me terrifiait.

Je pensais aussi à la fatigue que je ressentais et qu'il était temps d'appeler Eleuterio. J'avais pleinement confiance dans cet appel. Dans le Chaco tout le monde sait ce que Paraguay veut dire quand il faut fuir : au Paraguay, avec un ami et quelques pesos, on peut se tirer de tout. Et moi j'avais tout ça et besoin de peu de choses : une voiture et des papiers paraguayens pour passer au Brésil. Pour Eleuterio ce n'était rien.

Quand nous sommes arrivés au sentier que nous avait indiqué don Santos il était cinq heures du matin. Ce n'était pas une bonne heure, mais mon urgence et

6. Le yacaré est un caïman.

mon angoisse n'y firent pas attention. Je sortis le portable du sac, établis la communication et fis son numéro. Son répondeur automatique enregistra mon appel. Je sentis une immense tranquillité en reconnaissant sa voix. En quelque mots, je lui rappelai qui j'étais et je lui dis que j'avais de très grosses difficultés, que j'avais d'urgence besoin de son aide, et qu'il m'appelle sur mon téléphone cellulaire, dont je répétai deux fois le numéro. Et je lui dis que de toute façon je le rappellerais dans la matinée.

Alors, comme je tombais de sommeil et que je ne savais pas quoi faire d'autre, je proposai à Griselda de dormir un peu, comme des Indiens, appuyés contre un arbre.

– Dors, toi, fut tout ce qu'elle me dit, et elle alluma une autre cigarette.

J'appuyai la mallette contre un beau lapacho, et posai le sac avec les vêtements par-dessus. J'y appuyai ma tête et moins d'une minute après je dormais comme une souche. Je ne fis aucun rêve. Je n'avais de forces ni pour le remords ni pour l'imagination.

Quand Griselda me réveilla, il faisait déjà jour.

– Ton téléphone sonne, m'avertit-elle.

Je pressai sur le bouton maladroitement, à la fois endormi et angoissé.

– Ici, Eleuterio, dit Eleuterio. Où tu es, qu'est-ce qui t'arrive, mon vieux ?

Je lui dis brièvement que j'étais dans la forêt près du fleuve et de Desmochados, que je n'étais pas seul et que j'avais besoin d'un endroit sûr, et peut-être de papiers et d'une voiture pour passer au Brésil.

– Tu as les flics aux fesses ?

– Oui.

– Tu as besoin d'argent ? C'est une question d'affaires ?

– Je n'ai pas besoin d'argent. Disons que j'ai perdu les pédales pour une paire de fesses et que je dois faire un long voyage. En attendant, il y a beaucoup de sang.

– Tiens, tiens, mon petit Romero, qui l'aurait dit ? ironisa-t-il. Mais bon, laisse-moi voir ce que je peux faire pour toi. Vraiment, tu n'as pas besoin d'argent ? Tout le monde veut de l'argent.

– Non, de l'argent j'en ai.

– Bon. Tu es où exactement ?

– Putain, aucune idée. Près de la rive, à la hauteur d'Itatí, sur un sentier de contrebandiers je suppose.

– Bon, donne-moi un moment, je vais voir ce que je peux faire. Reste où tu es, on se rappelle dans une demi-heure.

Et il coupa.

J'ai demandé une cigarette à Griselda et elle a répondu qu'il ne lui en restait plus.

– Mais enfin, hier soir on en a acheté trois paquets.

– Et alors ?

J'ai préféré ne pas poursuivre une discussion dont j'imaginais la suite. J'ai compris qu'elle était d'une humeur massacrante. Je me demandai si par-dessus le marché elle n'allait pas avoir ses règles. Ça les rend folles. La veille des règles, elles sont capables de tuer. Mais je savais aussi que si j'osais lui poser la question, elle me le ferait payer très cher.

– Tu as pu dormir un peu ? ai-je demandé pour dire quelque chose.

Elle fit non de la tête et je compris qu'elle était terriblement angoissée. La peur, un sentiment de culpabilité, le remords ou quoi, je n'en sais rien, mais on voyait de très loin qu'elle était détraquée comme une machine dont tous les voyants s'affolent.

Je me mis à regarder vers les fourrés. Je me posais des questions sur les dangers potentiels : apparition d'animaux ou présence d'êtres humains. On n'entendait que le bruit des oiseaux et des branches. Il faisait extrêmement chaud mais au moins nous étions à l'ombre.

Le téléphone sonna de nouveau.

– Romero, tu m'entends ?, c'était Eleuterio.

– Parfaitement.

– Tu dois prendre le chemin qui mène à Desmochados. Deux kilomètres avant, tu verras un panneau de Coca-Cola. Des amis viendront te chercher et te conduiront chez Ponce. Rappelle-toi bien, Ponce. Ne dis rien à personne, rien qu'à lui. Ponce. Tu lui demandes ce qu'il te faut, et je ne ne suis plus en dette avec toi, jamais plus. OK ?

– C'est bien.

– Et personne ne t'a aidé, ni moi ni personne, d'accord ? Tu t'es foutu dans une trop grande merde, Romero. Bien trop grande.

– C'est bien. Merci beaucoup.

– On ne remercie pas pour ces choses-là. Moi je renvoie l'ascenseur c'est tout. Bonne chance.

Et il a coupé.

QUATORZE

Moins d'une heure plus tard, deux types nous ont ramassés dans une camionnette Isuzu 4 x 4, toute neuve. On aurait dit des frères, ou des cousins : tous deux jeunes, minces, moustachus, avec des jeans et des bottes. Ils avaient l'air de vachers prospères du coin ou de quelque chose comme ça. Ils nous ont vus, ils ont freiné, ouvert les portières arrière et redémarré, le tout en silence. Quinze minutes après nous entrions dans la petite ville. Ils nous ont dit qu'on pouvait en profiter pour passer dans la salle de bain et se laver un peu et ils nous ont demandé si on voulait du maté ou du café. Griselda a demandé du café et des cigarettes, et en a fumé deux coup sur coup. J'ai accepté le maté et on m'a apporté tout de suite un thermos, une calebasse en corne de bœuf pleine de maté et un chalumeau brésilien, de ces grands avec des ornements de mauvais goût et de faux rubis.

Ils nous ont laissés seuls dans ce qui semblait être le living d'une maison. Il y avait un buffet bon marché, un ensemble de salon en plastique simili cuir, et sur un mur une épouvantable marine censée représenter une tempête sur une côte rocheuse qui ressemblait aux fjords norvégiens ou à quelque chose de ce genre. Griselda ne faisait que fumer et soupirer. J'ai essayé de parler calmement avec elle, d'analyser notre situation, si c'était possible, bref, j'avais besoin que de nouveau nous fassions équipe. Mais rien à faire : elle s'était fermée comme une huître. Elle me regardait avec ressentiment, comme si c'était moi qui l'avais menée à ce dixième cercle de l'Enfer que nous paraissions être en train d'inventer. Cela me rendait furieux parce qu'injuste de sa part. Un peu de tendresse, disons-le, même dans des situations aussi pénibles, une cajolerie, un mot d'encouragement mutuel, une gentillesse, je ne sais pas, moi, un peu de ce que vous voudrez, tout ça n'a jamais fait de mal à personne.

Mais il n'y avait rien à faire. Alors je me suis senti seul et furieux. Pour la première fois je me suis clairement demandé pourquoi je ne la tuais pas une fois pour toutes. Je l'aimais, vraiment ? Je l'aimais toujours, comme il y avait encore deux jours, comme hier soir encore, comme il y avait encore quelques heures à peine ? Est-ce que l'amour pouvait finir si vite ?

A midi ils nous ont prévenu qu'ils allaient nous emmener à Caazapá où nous verrions le señor Ponce. Nous y sommes allés, dans la même camionnette, avec les mêmes jeunes gens silencieux. Le voyage a duré deux heures, pendant lesquelles je n'ai pas arrêté de me poser des questions : pourquoi ils ne nous avaient absolument rien demandé, pas même nos noms ? Pourquoi ils ne nous avaient pas demandé non plus nos armes ? Ils devaient évidemment savoir que nous en avions. Ni l'argent dont ils devaient aussi avoir connaissance.

Nous sommes arrivés au village, dans une espèce de petite vallée qu'on atteint en franchissant une rivière. Nous nous sommes garés à côté d'une maison d'apparence modeste. On nous a fait passer dans un bureau et on nous a fait signe d'attendre. Et tout de suite un nain horrible est entré.

Il mesurait moins d'un mètre et était très musclé, avec des petits bras écartés du corps mais solides, des menottes de poupée, des doigts très courts. Il avait les cheveux ras et son visage était anguleux, avec des yeux globuleux, des oreilles légèrement décollées et des lèvres épaisses. Il m'a rappelé les démons qu'on trouve dans les absides des églises gothiques européennes. Mais le plus impressionnant c'était le cou, large comme une jambe, qui semblait unir la tête au torse minuscule, comme un morceau de bois ou quelque chose comme ça. Cela m'a choqué dès que je l'ai vu, mais dans les yeux de Griselda j'ai remarqué quelque chose de plus : du dégoût. Je me suis dit ce que je m'étais toujours dit : que c'est un malheur d'être un nain, parce que les nains sont méchants, aigris. Que c'est une calamité, un sale tour que vous joue Dieu, d'être né nain. Les gens vous emmerdent toute votre vie. Vous, vous emmerdez tout le monde toute votre vie par votre seule présence. Tout nain est un ressentiment fait homme.

Il s'est assis d'un petit bond dans un des fauteuils et nous a regardés en souriant, comme un gnome médiéval ou comme on imagine que doivent avoir été les gnomes médiévaux.

– Don Eleuterio me dit que je dois vous aider, commença-t-il d'une voix criarde qui avait quelque chose de métallique, comme si au lieu de passer par une gorge l'air de cet individu passait par des conduites de plomb, et je vais le faire avec grand plaisir. Vous allez me dire très exactement de quoi vous avez besoin.

– Pourquoi vous ne nous dites pas d'abord qui vous êtes ? lui décocha Griselda, agressive. J'aurais préféré une autre attitude, mais elle m'avait devancé.

– Ponce, dit le nain, et son sourire se figea. Je n'ai pas d'autre nom : Ponce. Et vous, madame ?

– Disons que madame s'appelle Laura Romero et qu'elle est un peu fatiguée. J'espère que vous saurez l'excuser, monsieur Ponce, et que vous comprendrez, en outre, que nous sommes dans une situation vraiment critique. Nous avons besoin de toute urgence d'une voiture, de passeports, et d'une aide pour pénétrer au Brésil.

– Nous avons des passeports paraguayens en règle, monsieur...

– Romero. Je vous l'ai dit.

– Il y a aussi une mule dehors, presque zéro kilomètre.

Je compris ce qu'il voulait dire : au Paraguay, les voitures volées, avec de faux papiers, on les appelle des *mules*. Elles peuvent circuler librement dans tout le pays, parce que généralement c'est la police elle-même qui protège ces voitures volées.

– Mais une mule ne nous est utile qu'à l'intérieur du Paraguay, monsieur Ponce...

– Naturellement. Don Eleuterio nous a dit de vous aider à arriver jusqu'à la frontière.

– Je comprends, dis-je pour dire quelque chose.

– C'est-à-dire qu'une fois là-bas vous nous quittez poliment et vous allez peut-être même nous livrer à la police, lança Griselda. Ses yeux froids et gris semblaient maintenant flamboyer, pleins de petites veines. Elle était furieuse, anxieuse, hors d'elle. J'ai eu peur qu'elle fasse une bêtise. Et elle allait la faire.

– Peut-être des amis, à Ciudad del Este, pourront vous aider à passer à Foz, mais ça aura un prix.

– Combien ? demanda Griselda tout en introduisant une cigarette entre ses lèvres et en faisant semblant de chercher son briquet dans son sac à main.

– Disons la moitié du contenu de la mallette dont monsieur Romero prend un si grand soin.

– Je savais bien que tu allais nous faire chanter, fils de pute, dit froidement Griselda, en sortant non pas un briquet mais le .38 à silencieux. Elle le visa au front et la balle éclaboussa le mur de derrière d'une chose noirâtre qui avait été le sang et le cerveau du nain.

« Elle est folle. » C'est tout ce que j'ai pu penser mais sans le dire, en même temps que je ramassais la mallette et le sac que nous sortions du bureau et montions dans une 405 grise qui était devant la porte. Les jeunes gens silencieux de l'Isuzu avaient disparu comme évaporés dans la chaleur de la sieste.

QUINZE

Cette fuite fut une folie, mais désormais rien ne pouvait être sensé ni raisonnable. Je fonçai sur la route vers Ciudad del Este. Tout ce que je savais c'était que nous devions arriver dans cette ville, le symbole et la capitale sud-américaine du mal absolu : pas de délit, de vice, de tricherie, de drogue ou de planque qu'on ne puisse trouver à Ciudad del Este. La triple frontière qui relie trois pays corrompus a vu naître et se développer cette ville, née à l'époque du dictateur Alfredo Stroessner et qui a porté pendant des années ce nom abominable. Elle devrait continuer à s'appeler comme ça. A la fin de ce millénaire, c'est l'endroit d'Amérique du sud, et peut-être du monde, dont la croissance est la plus rapide en tout : en habitants, en mauvaise qualité de vie, en délinquance en tout genre.

J'étais sûr qu'en un endroit pareil et avec deux cent mille dollars, il ne me serait pas impossible de passer au Brésil.

Oui, bien entendu, j'ai dit « me », au lieu de « nous ». Ce voyage me servit à mettre au point ma trahison envers Griselda. Malgré ma fatigue, je ne cessai d'y penser un seul instant. Elle était à côté de moi, et, bien entendu, elle se contentait de fumer et de regarder le paysage, apparemment indifférente. Nous ne nous parlions pas, c'était inutile. Il n'y avait pas de commentaire à partager, il n'y avait pas de remise en question à faire. L'un de nous pouvait avoir n'importe quelle réaction devant n'importe quoi, et l'autre, simplement, l'accompagnait dans la fuite.

Soudain, j'ignore pourquoi, je me suis souvenu de types que j'avais connus et qui eux aussi avaient fui. J'ai réfléchi à ce que fuir veut dire : une fois, un type m'avait raconté ce que fuir signifiait pour les guérilleros, ceux qui s'appelaient alors eux-mêmes des militants révolutionnaires. Bien sûr, il disait qu'ils n'étaient ni des assassins ni des délinquants, mais tous ils portaient leur croix et fuir paraissait être leur destin inéluctable.

Je me suis souvenu aussi de tous ces fuyards qui se sont jetés du pont General Belgrano depuis qu'il a été inauguré. Ils abandonnaient leurs voitures, leurs vélos, leurs lettres, et se jetaient dans le fleuve. Je me suis souvenu aussi de Norberto, un ami d'enfance que j'aimais, du Colegio nacional, et qui, alors que j'étais en exil à Misiones, s'était suicidé à Asunción, précisément, dans un petit hôtel de quatrième catégorie, pauvre, endetté, un vrai déchet humain. Il n'avait que trente-huit ans, mais était la proie d'une sensation d'échec terrible qui devait l'écraser comme des tonnes et des tonnes d'années. Toutes ses affaires avaient échoué et il s'était endetté peu à peu auprès des banques et de quelques usuriers. On n'a jamais très bien su combien il devait, mais un jour il s'était volatilisé, en laissant plusieurs enfants, une veuve dans l'affliction, un drame épouvantable. Puis il s'était tiré une balle à Asunción. J'avais toujours gardé l'impression, idiote d'ailleurs, que j'aurais peut-être pu faire quelque chose. Ou plutôt : l'impression que la tragédie de celui qui avait été mon ami finissait par devenir complètement étrangère et lointaine pour moi. Une bien sale impression.

J'ai pensé aussi à Cacho Costacurta, qui s'était fait lessiver au casino et avait fini par se tirer en laissant un tas de dettes. Comme on supposait que ses affaires marchaient bien – il était grossiste en produits lactés – plusieurs usuriers lui avaient fait crédit. Et Cacho avait su s'y prendre : un beau matin il disparut avec près d'un million en espèces. Il disparut dans la nature, en provoquant un infarctus à deux usuriers du Chaco bien connus, ce qui lui valut une subite et immense popularité. Pendant plusieurs années personne n'entendit parler de lui, l'homme dont on se souvenait comme d'un justicier mythique qui avait eu la peau de plusieurs prêteurs à gages. Lesquels l'avaient recherché au début, pour le tuer disait-on, parce que Cacho avait si bien fait les choses qu'ils n'avaient pas pu faire jouer la moindre hypothèque car il se trouvait en fin de compte que rien ne lui appartenait, bref, il les avait tous baisés. Et pourtant, douze ans après, Cacho revint à Resistencia, où il se promène aujourd'hui comme si de rien n'était, et je peux le voir au Nino, au vieux bar la Estrella. Il se consacre maintenant à sortir des gamines : il se balade toujours avec une petite pute, une de ces gosses de quatorze ou quinze ans qui ont pour métier la prostitution à Resistencia et qui pullulent – parfait symbole de Payton Place – à deux pâtés de maisons du siège du gouvernement et de la cathédrale. Il adore scandaliser la ville, Costacurta. Le fait est qu'aujourd'hui personne ne l'ennuie, il a un modeste petit kiosque que tiennent sa maman et une tante, et apparemment il a payé ses vieilles dettes ou obtenu qu'on passe l'éponge.

Pour ma part, je n'avais jamais pensé que c'était excitant d'être un fugitif, mais à présent ils nous poursuivaient tous : les bons, les méchants, les mauvais et les pires, les nationaux et les étrangers. Et moi j'avais le désavantage d'avoir à mes côtés une femme ébranlée, fissurée, complètement imprévisible. Griselda n'avait déjà commis que trop de bêtises. J'en avais assez de son tempérament explosif. Et puis j'entrevis que j'aurais plus de chances de m'en tirer, vraiment, si j'étais seul. Je devais la tuer, il était évident qu'avec elle il allait être impossible de fuir. Je commençai à comprendre que finalement il me faudrait la trahir. Ça ne me plaisait pas, mais je ne voyais pas d'autre solution. Je me sentais coupable, mal à l'aise, mais non, je ne voyais pas d'autre issue. D'ailleurs, quelque chose s'était brisé. L'amour, bon, comment savoir à ce moment-là ce que c'était, l'amour. C'est impressionnant comme l'amour peut s'effacer en quelques heures...

Griselda, à côté de moi, était plongée, silencieuse, dans je ne sais quelles pensées. Elle fumait et se taisait. Elle devait être épuisée, à bout de forces, mais elle ne dormait pas, elle ne dormait jamais. Et puis, cette femme incroyable était excessive en tout, elle était imprévisible comme une chatte. Elle n'avait rien à voir avec la Griselda que j'avais aimée, avec la bourgeoise passionnée de Payton Place. Celle-ci semblait inépuisable, elle était inépuisable. Comme dans le sexe, dans l'amour et dans le ressentiment, Griselda était comme une lumière qui ne se consume jamais. Un feu éternel.

Je n'avais plus qu'une solution : l'éteindre.

SEIZE

Bien entendu, n'allez pas vous imaginer que je ne me rendais pas compte qu'elle devait être en train de penser exactement la même chose que moi. Sur le siège arrière il y avait une mallette avec deux cent mille dollars, un .38 qui dernièrement avait eu beaucoup à faire et deux .45 un peu vieux et peut-être mal graissés mais toujours mortels.

Soudain je me dis que la question était de savoir qui frapperait le premier. Dans cette affaire le gagnant allait être le plus rapide, pas nécessairement le plus rusé.

Et il faut que je le dise aussi maintenant : bon, je ne sais pas si tout cela va vous paraître trop dégoûtant, répugnant ou pervers. Je peux imaginer ce que vous pensez. Mais, vous savez quoi ? Je me fiche de ce que vous allez dire de cette histoire. Si vous êtes là, si vous êtes attentifs, et si vous êtes arrivés jusqu'ici, sachez simplement que cette histoire est mon histoire et que je ne peux pas raconter autrement ce qui m'est arrivé. Et je ne le veux pas, c'est sûr, parce que toute morale est de trop, toute valeur éthique est de trop en ce moment. Ma vie est dans ce que je raconte. Littéralement.

Car à la fin tout s'est résumé à ceci : l'un de nous devait tuer l'autre. Je compris que nous nous trouvions dans une impasse, et Griselda le comprit aussi : ou je la tuais ou elle allait me tuer moi. Il n'était même pas question de décider s'il était vrai que nous avions cessé de nous aimer, non, pas du tout. Pourquoi ne pas admettre que l'amour aussi peut impliquer la mort, si tant de fois il implique le crime ? Je crois que nous nous aimions toujours et peut-être de la manière la plus absolue et la plus totale, mais à présent, c'était un amour, comment dire, incandescent. Un amour qui ne savait que brûler. Au cas où vous ne le sauriez pas, ce genre d'amour existe : de même qu'il y a des amours froides et contemplatives, il y a des amours de feu. Elles ne sont que ça : flamme, flambée, braise, tison. Elles brûlent comme l'Enfer et ça rend fou à un point tel que vous ne voulez plus que l'éteindre.

Griselda et moi, pauvres de nous, nous en étions au même point. Seule l'élimination de l'autre pouvait nous donner une chance de survie. Nous nous étions tellement aimés que nous en avions perdu le sens des limites. Aucun de nous n'était plus coupable que l'autre, aucun n'était rachetable, aucun meilleur, ou pire. Le plus terrible, c'était d'être si semblables, si jumeaux dans la passion et dans la folie. Le ressentiment et l'exaspération, je l'ai alors compris, n'ont pas de sexe, ils sont indifférenciés. Ils vous poussent à commettre les actes les plus abominables, ils vous précipitent dans un inqualifiable dixième cercle de l'Enfer.

Une quinzaine de kilomètres avant d'arriver à Ciudad del Este, j'ai décidé que je ne pouvais pas faire autrement que la tuer. J'ai arrêté la voiture en douceur à un virage en disant que je n'en pouvais plus de fatigue, j'ai ouvert la portière et je suis descendu. Griselda est restée assise, raide, comme une statue sur le qui-vive. J'ai fait le tour et ouvert la portière arrière, j'ai fait semblant de chercher quelque chose dans le sac. Je pensais prendre un des.45 et lui régler son compte. Mais elle me devança : je n'avais pas sorti le pistolet du sac et levé les yeux qu'elle me braquait avec le .38 qui avait tant servi. Je parvins à éviter la balle destinée à mon visage mais quand je me redressai la balle me frappa à la poitrine et me jeta sur le bas-côté. Elle se mit alors au volant de l'auto, fit marche arrière et me passa deux fois sur le corps, pour m'achever. Et elle regarda même par la fenêtre et tira encore une fois sur moi avant de partir en dérapant sur la route.

Elle m'avait devancé. Certains penseront que les femmes gagnent à tous les coups. Mais ce n'était pas une affaire de sexe ; tous les deux nous étions mauvais, c'est tout, et nous étions désespérés.

ÉPILOGUE

Mais son erreur fut de me tenir pour mort alors que je ne l'étais pas. Je vous ai déjà dit que certaines personnes sont très dures à mourir. Et moi je fais partie du lot, évidemment.

Je suis resté dans le coma, cela aussi c'est évident, je ne sais pas combien de temps, ni où. Je sens en ce moment que je suis tout bandé, je peux à peine remuer et il y a une odeur d'hôpital. Je peux sentir le goût du thé qu'on me donne à boire avec une petite cuillère et aussi les draps amidonnés, qui doivent être blancs. Je viens de me réveiller d'une espèce de très long sommeil et je n'ai pas encore ouvert les yeux mais déjà je pense à Griselda en me demandant si elle sait que je ne suis pas mort. A-t-elle pu fuir, finalement ? Est-elle à Foz ou à São Paulo, par exemple ? Ou peut-être à Rio, ou à Bahia, comme elle en rêvait ?

Bon, je la chercherai. Maintenant je suis tout bandé, avec de multiples blessures et deux balles dont je ne sais si on me les a retirées ou si je les garderai à jamais dans le corps, mais je vais la chercher et la retrouver. Elle m'a écrabouillé, la garce, mais je fais partie de l'espèce des durs, bien sûr. On n'est pas faciles à tuer. Cela me fait du bien de me sentir comme ça.

Je suis vivant. L'important, c'est que je suis vivant. Je ne sais où ni dans quelles conditions, mais je sens que je suis vivant. Je respire. Elle ne m'a pas tué, la garce, elle n'a pas pu me tuer. Elle a emporté le fric mais elle n'a pas pu me tuer.

Et je vais la chercher, bien entendu, et je vais la retrouver. Je vais bien la retrouver quelque part.

Même si les flics sont à l'extérieur de cette chambre, comme c'est probable. Même s'il y a un procès et que sûrement on me condamne. Un jour je sortirai et je la retrouverai. C'est sûr.

J'ouvre à peine les yeux et la lumière me fascine. C'est un retour à la vie, au mouvement, bien qu'ici le seul mouvement soit celui de cette infirmière qui me verse du thé dans la bouche avec une petite cuillère. Ça me fait du bien. Beaucoup de bien. Je vais boire beaucoup de thé et je vais me remettre et ensuite j'irai la chercher.

Ah, Griselda, ma Griselda bien-aimée, quand je te retrouverai...

Parce que, tôt ou tard, je vais me refaire une santé. Je ne sais pas comment je vais te tuer, Griselda, mais je jure que je vais le faire. Je ne peux pas encore imaginer comment, mais je vais te retrouver et je vais te tuer. Je sais que je t'aime encore mais en même temps tu es ce que je hais le plus. Je te hais plus que tout au monde. Je ne m'arrêterai pas avant de t'avoir crevée...

Ce thé bien chaud me fait du bien. Il parcourt mes entrailles et me communique une sensation agréable, apaisante. J'ouvre les yeux pour remercier, comme je remercie pour la lumière que je revois. La lumière, quelle merveille ! Tout doucement, calmement, et bien qu'un peu aveuglé, je regarde encore... C'est fantastique. L'infirmière me sourit. Sous sa coiffe, elle a un sourire ravissant. Je ferme les yeux et je pense à ce beau sourire.

Soudain je me rends compte et j'ouvre les yeux, terrifié. Je le reconnais, ce sourire, sous les yeux gris de Griselda qui me regardent avec leur froideur de marbre, d'iceberg.

– Désolée, mon amour, mais deux fois c'est vraiment trop, dit-elle.

C'est tout ce que je peux entendre avant le coup de feu final.

Gijón, Andalucía, Lisboa,
mai-juin 1998.

Suites

1. *Histoires étranges et fantastiques d'Amérique latine*

2. José Luis Sampedro
Le Sourire étrusque

3. Antonio Lobo Antunes
Le Cul de Judas

4. J. M. Machado de Assis
Le Philosophe ou le chien

5. Horacio Quiroga
Les Exilés

6. Paco Ignacio Taibo II
De passage

7. Euclides da Cunha
Hautes Terres

8. Luis Sepúlveda
Journal d'un tueur sentimental

9. Fernando Gabeira
Les Guérilleros sont fatigués

10. J. M. Machado de assis
La Montre en or

11. Dalton Trevisan
Le Vampire de Curitiba

12. *Des nouvelles du Brésil*

13. Marcio SOUZA
L'Empereur d'Amazonie

14. Alejandro JODOROWSKY
L'Arbre du dieu pendu

15. Manuel SCORZA
Roulements de tambours pour Rancas

16. José Ángel MAÑAS
Je suis un écrivain frustré

17. Antonio LOBO ANTUNES
Fado Alexandrino

18. Christoph HEIN
La Fin de Horn

19. Luis SEPÚLVEDA
Yacaré, Hot Line

20. Lídia JORGE
Le Rivage des murmures

21. Galsan TSCHINAG
Ciel bleu

22. José Luis SAMPEDRO
Le Fleuve qui nous emporte

23. Mempo GIARDINELLI
Le dixième cercle

Bibliothèque hispano-américaine

Histoires d'amour d'Amérique latine
Présentées par Claude Couffon

Alfredo Bryce-Echenique
Le Petit Verre de ces dames
Ne m'attendez pas en Avril
Noctambulisme aggravé

Jesús Díaz
Les Paroles perdues
La Peau et le Masque

Mario Delgado Aparaín
La Ballade de Johnny Sosa

Javier Gonzalez Rubio
T'aimer fut mon châtiment

Alejandro Jodorowsky
L'Arbre du Dieu pendu

Miguel Littín
Le Voyageur Byzantin

Leonardo Padura Fuentes
Electre à la Havane

Horacio Quiroga
Contes d'amour de folie et de mort
Anaconda
Les Exilés
Au-delà

Hernan RIVERA LETELIER
La Reine Isabel chantait des chansons d'amour
Le Soulier rouge de Rosita Quintana

Antonio SARABIA
Les Invités du Volcan

Luis SEPÚLVEDA
Histoire d'une mouette et du chat qui lui apprit à voler
Journal d'un tueur sentimental
Le Monde du bout du monde
Le Neveu d'Amérique
Rendez-vous d'amour dans un pays en guerre
Un nom de torero
Le Vieux qui lisait des romans d'amour
Ycare Hot line

Paco Ignacio TAIBO II
Le Rendez-vous des héros
De Passage
L'Année où nous n'étions nulle part

BIBLIOTHÈQUE HISPANIQUE

Maria Mercè ROCA
Basse saison
Les Escaliers de Port-Bou

José Luis SAMPEDRO
Le Sourire étrusque
Le Fleuve qui nous emporte

Manuel RIVAS
En sauvage compagnie

Maruja TORRES
Une chaleur si proche

Achevé d'imprimer en mars 1999
sur presse Cameron
dans les ateliers de ***Bussière Camedan Imprimeries***
à Saint-Amand-Montrond (Cher)

N° d'Édition : 2423001. N° d'Impression : 991344/1.
Dépôt légal : avril 1999.

Imprimé en France